崩れたバランス／氷の下

ファルク・リヒター
新野守広＋村瀬民子［訳］

論創社

目次

崩れたバランス

Die Verstörung

新野守広訳

病院の不安定な老婦人　ここは余りにも静か。とても耐えられない。
子供　左が待ち合わせ場所……。パパ……？　パパ、日にちを間違えたのかな？　何のメッセージも入ってないし……、電話もない……

（自動車が猛スピードで通り過ぎる。事故の音。）

ベッドの中の男と女
彼女　ほら、また。
彼　え？
彼女　ほら、また。
彼　何？
彼女　音が聞こえる。
彼　音って？
彼女　心臓の音、だと思う、私の心臓の音。
彼　君の、何だって？
彼女　ゆっくり燃え尽きようとしてる。

（短い間。）

彼　静かに、眠ってくれ。

（戸外で誰かが雪の上を歩く。）

病院の不安定な老婦人　足音？　それとも私の息かしら。

ここは一二階。

誰もいない。

窓からなにか落ちる、ほらまた……人が落ちた音みたい。

（交通事故。）

そこらじゅう溝に人が横たわっている、血を流している。

車のテールランプ……海みたい……出発する車ばかり……みんな私から遠ざかる。

（空港のラウンジ）寒くなってきた。

子供　パパ？

男　（患者）　何日も横になっている……床の上に……もう起き上がることはないのかも……どの部屋だかわからない……ひとつドアを開けると、またドアがあって……いつも同じ部屋……どこだかわからない……次の部屋、また次の部屋、同じなのか違うのか、中に入って、見回して、何もわからない、みんな同じに見える、力を失う、落ちる……

病院の不安定な老婦人　ねえ……こっちに来て……そばにいて、ちょっとでいいから。

パウル　いやだ。

（うつ病の人々が記憶の糸を失いそうになりながら、『きよしこの夜』を歌う。）

ベッドの中の男と女

彼　消せよ。

彼女　いや。

彼　消してくれ。

彼女　いや。

彼　おしまいだ。

彼女　「おしまい」、そうね。

彼　えっ？

彼女　自分で言ったでしょ。
彼　何？
彼女　言ったでしょ。
彼　なんだよ？
彼女　「おしまい」って言ったでしょ。
彼　寝ろよ。

病院からの電話

病院の不安定な老婦人　（高く壊れそうな声で、ほとんど子供のように歌う）「きよしこのよる　星はひかり[1]」（笑う）……忘れちゃった（笑う）。何も思い出せない、子供の頃のことも、今いくつかしら私、みんな忘れちゃった（一瞬の痛み）。痛っ（笑う）。こんなに人が死んで……生まれてからずっと、この感じが……そう……自分がいない感じ、自分が……いない、**ぜんぜん楽しくない**、どこにもいない、変、かしら、パウル？　どう思う？……私ひとりぼっち、**車を壁にぶつけるのはやめて**、今夜は皆死にたがるのね、パウル、私を愛してる？……電話してね……何も思い出せない……**何も**、きれいな夜。雪が降ってる……パウル？　私が誰だかわかる？　わかるでしょ、ね？　思い出して、ね？　まだ死んでないのよ、私。違う？　私がここにいるなんて、信じられないようね、おまえ、私のことわかる

でしょ、ね、私の声よ、わかるわね？（壊れそうな声でもう一度歌う）「きよしこのよる」、
ほら一緒に歌って、さあ、「星はひかり」

若い両親の電話

母　シュテファンを迎えに行けるわね。
父　えっ？　ああ、稽古が終わったら、行くよ、たぶん。
母　ちゃんとメモして。一九時二〇分着、一一番ゲートよ。
父　わかった。
母　書いてよ。
父　俺の息子だ、間違えないよ。
母　こないだは、二時間も放っておいたくせに。
父　おまえが間違った時間を留守電に入れたからだ。
母　嘘。なんでもかんでも嘘つかないで。
父　息子が俺を馬鹿にするよう、わざと嘘の時間を言ったんだ。
母　舞台でもいつもそんな風に嘘くさいの？　だからいつまでも三流役者なのよ。あんたの名前、ほとんど新聞に載らないでしょ、劇評にも出ないし。がんばってよ、父親が負け犬じゃシュテファンが困るわ、あの子がうつ病になったらどうするの。それからね、お金ちょ

うだい、シュテファンに着るもの買うから。
父　おまえ、稼げばいいだろ。
母　こっちもきついのよ、選べないし、くずな仕事ばかりで、あんたも何か買ってやってよ。
父　息子の誕生日に、息子を放り出して男としけこもうって、それでも母親か？　相手はあのセラピストだろ。
母　シュテファンは何時に着くの？
父　二〇時ええっと——二〇時一一分、一九番ゲート。
母　一九時二〇分、一一番ゲート。メモしなさい。
父　書いた。
母　書いてない。
父　書いた。
母　それからあの子の荷物にも気をつけてよ。こないだみたいにリュックをなくさないで欲しいの。あなたといると、あの子はなんでもなくす。
父　おい、もう電話切らないといけない。
母　（相手をイライラさせるように）私も、もう電話切らないといけない。
父　セラピスト先生と楽しい楽しいクリスマスイブをお楽しみください。
母　精神科医です、セラピストと一緒にしないで。
父　俺の掛かりつけでもあった。
母　（調子が変わり、心がこもる）ヤン、ごめんなさい。もちろんイェンスにも悪いんだけど。

父　野郎が俺たち二人の関係について相談を引き受けたのは二年前だったな、俺にはちょっと距離を置けって言ったぞ、「距離を保てば落ち着きますよ、物事をゆるやかに見ましょう、そんなに働いちゃいけません、すこし奥さんと離れて、のんびり散歩に出かけて、ひとりでドライブするといいですよ」って、おい、バカ野郎、無垢の大地への体験旅行だとかぬかしやがって、死ぬほど退屈したぞ、俺を腑抜けにしやがって、畜生、ぶっ殺してやる、ケツの穴にナイフぶち込んで診療所中引きずりまわして強姦してやる。

母　なんてこと言うの、ヤン、やめて。ほかの専門家に相談した？

父　誰に話せっていうんだ。俺の人生をめちゃくちゃにする気か？　愛の巣でぬくぬくするつもりだろう、凍えちまえ、頭のいかれた連中のバスに轢かれっちまえ……イェンスのバカが俺に処方したβ受容体遮断薬[2]を奴にもたらふく飲ませろ、俺はこんなにボロボロだ、病人かケガ人の役しかできないじゃないか。

母　あなたって大人になれない。

父　そこがいいって言う女もいる。

母　女？　あらぁ、ママでしょ……二〇才も年上の、抱きつきたいのよね、夜中に添い寝してあなたを抱っこしてくれるママが欲しいのね。ご免なさい、私、気晴らしに大人の男が欲しかったの、うんっとセクシーで、私のお気に入り、精神年齢一二才以上の大人の男、シュテファンをお願いよ、坊やは何時に着くの？

父　クソ。

母　あの子のそばで、そんな下品な言葉遣いしないで。

父何でシュテファンをこっちに連れてこない？何であの子を飛行機に乗せるんだ？　金がかかりすぎるだろ、誰が飛行機代を払う？　おまえに言いなりの叔父さんか、それとも俺か？

母　そっちに連れて行かないのは、私があなたに会わないため。それに列車は危ないわ、クリスマス・イブに小さい子がひとりで列車に乗ってると——変な人一杯いるから、飛行機はまだ安全よ。

父　忘れるなよ、おまえが迎えに来るのは二六日一七時半、四番ゲートだからな。

母　大丈夫、あの子のためなら私はかならず行きます。誕生日に息子をバス停で四時間も立ちんぼさせて、現れたと思ったらゴア・パーティー[3]だかなんだか、得体の知れないクラブに連れてっちゃうあなたとは違うの、それからあなた、あの子にわけわからない……クスリなんかやらせたら、殺してやるから、あの子は一一才よ！　クラブに連れて行ってほったらかしにするなんて。

父　よその子はやってるよ。

母　よその子はやってるよ？　ねえ、あなたは父親なのよ。エクスタシーあげたってあの子が父親の愛を感じるわけないじゃない、わかるわね、普通の父親なみに、ちゃんと遊んであげて……サッカーでも何でもいいから、そんなに難しくないでしょ、毎晩夜中まで馬鹿みたいにテレビを見させておくなんて、それからあんたたちの卑猥なセックスを一緒に聞かせないで、あんたたちったら……

父　はいはい、わかったから——

母　ダメよ、何日も何日もあの子をくだらない台本の稽古につきあわせて、あの子は毎晩あの台詞を……
父　はいはいはいはいはいはいはいはいはい（叫ぶ）あああああああ
母　ガービがあなたをトイレで見つけたって言ってたわ。コカインやったのね？
父　ああ、ガービのファック野郎、俺をトイレで待ち伏せしやがって。だいたいあいつ男子トイレで何やってたんだ、大いに興味があるね。
母　ちょっと、「ファック」とか言わないで話せないの？
父　はいはい、できますよ、お母様、「お楽しみ、お楽しみ、お楽しみ」。ほんと、お楽しみですねえ、ドクター・イェンスとかいう誰かさんによろしくお伝えください、でもお前、なんであいつの親のところに行くのに、シュテファンを連れて行かない、俺には稽古があるって知ってるくせに。
母　イブなのに？
父　なあ——。もう千回も言ったよな、一一時までは抜けられないんだ。
母　でもあの子、七時二〇分に着くのよ。
父　だから遅い便に乗せなきゃだめなんだ。
母　もう変更できない。
父　じゃあシュテファンを連れて行け。
母　何よそれ。
父　俺には仕事がある。

母　あなたが迎えに行って。
父　なあいいか、お前があの子を愛人の家に連れて行かないから、あの子は待つ羽目になるんだぞ。ひどい母親だ、息子を早い便に乗せて、一人で何時間も空港で待たせて、イブなのに凍えさせるつもりか。シュテファンはお前とイェンスを忘れない、絶対トラウマになる、おかしくなる、そしたらまたイェンスの野郎の出番か。（電話を切る）
子供　（空港で）パパ？

過度に期待された恋人、子供、夫

娘　**非常事態、非常事態。**
恋人　ねえ、静かにして。
娘　なんで私、馬の本なんか持たされているの、これで何しろっていうの、バカにしてるの？
恋人　ミリアム、お願い。
娘　それからこれは何？（女の子向けのプラスチックのキッチンセットを掲げる）　気でも狂ったの？
恋人　まだ開けないで。
娘　開ける、用事が始まる前に、この場ではっきりさせましょ。うわあ、何これ。
恋人　おとなしくしてね、そろそろ出かけましょう。

娘　おとなしくするなんて無理よ、バカな女ね。脳みそカラっぽ？
恋人　いい加減にしないとぶつわよ。
娘　ぶち返すわ。
恋人　このガキ。
娘　そんなことを言っちゃいけない。
恋人　あんたたちだけでお祝いすればいい。
娘　なんて下品な女、ねえ、パパはなんでいつも下品な女ばかり連れてくるの？
恋人　ミリアム！　言うこと聞かないなら、もう寝なさい！
娘　寝るのはあんたでしょ、そのために来たんだから。
恋人　何ですって？
娘　（まねする）何ですって？（攻撃的に）ちょっと、私、**馬の本**なんか欲しくないいんだけど、おばさん、**非常事態**って言ってるでしょ、**非常事態**、**馬の本**なんか、へっ。
恋人　（娘を叩きそうになるが、かろうじて抑える、しかしやはり叩こうとして、ほんの軽く叩くと、代わりに自分の胸を手のひらで短く叩いてから壁を叩き、叫ぶ）**ラルス！**
娘　パパ、見て、おばさん気が狂ったわ。
父　ガービ！
恋人　ねぇ、あなたも何か言って。
娘　これが言わないのよね、パパは何も言わない……
父　（電話に向かって）パウルか？（ガービに向かって）ちょっと待ってくれ。（電話に向かっ

恋人　て）パウル、うん、そうだ、これからおふくろの家に出掛けるんだけど、ホラーだよ、ちょっとだけ、ちょっとだけ、ああ、稽古は順調だ、すごくいい、いや、そんなことない

娘　仲良くしない？

恋人　忘れな。

父　ラルス。

恋人　待ってくれ、ガービ、今大事なんだ、パウルと話を決めなきゃ／パウル、君のためなら何でもやる、そうだよ、ちがう、当然さ、演技じゃないよ、俺が君のすべてさ、君の望むすべてさ、なっ、それで……おい、また脱がなきゃだめなのか？　俺だって三五だ。ガービだって脱いだらもう見れたもんじゃないよ、な？

娘　ほら、あなたのこと、どうでもいいみたいよ。好かれてないわね。

恋人　嫌な子。ママが出てったのもわかるわ。私だって出ていきたいわよ。

娘　ママの悪口言うな、刺すぞ。

恋人　ラルス！

父　ちょっと静かにしてくれ、説明してるんだから……ったく。

恋人　それって、私に言っているの？　ねえ？

娘　今夜刺しに行くから、気をつけな

恋人　ラルス！

娘　（まねる）ラルス！

（恋人は泣きだす。）

娘　パパ、この女泣いてる……追い出してよ、泣きわめく女はたまんないわ。パパは泣きわめく女ばかり連れてくる。ママはこんなに泣かなかったのに。

（恋人は娘を平手打ちする。）

娘　何よ、気が狂ったの、やる気

（殴り返す、二人は殴りあう。）

父　ガービ、頼む、何してるんだ？　ミリアム、ちょっと落ち着きなさい、パパは電話で話があるんだ。ふたりとも二分でいいから普通にしてくれ、イライラする。

娘　あんたより私の方が強いわ、こんなひどいクリスマスイブ、味わったことないでしょ、さあこい。

恋人　携帯貸して。

父　えっ？

恋人　携帯貸してよ。うちの親にこの子預かってくれないか聞いてみる。こんなイライラする子いや。（子供に向かって）どっか行きなさい。（子供に百ユーロ札を与える。）ほら、これ

父　持って、何か買ってきなさい、何でも好きなものでいいから、ドライヤーでも買ってバスタブにつかるといいわ。
娘　ガービ。
恋人　ねっ、パパ、私もそう言ってやりたいわ、この女むかつく。
娘　それからその口閉じなさい、**口を閉じなさい**。
父　**それそれ**、私が言いたいのは、ねっ、パパ。
恋人　ガービ、なあ
この子に何か買ってあげてよ、ねえ、何か買うの、買うのよ、**テロ・コンバット・チャレンジ・パートⅡ**とか、この子が一晩熱中できるもの、スーパーのレジ袋でもいいわ、頭にかぶせれば静かになるでしょ、バービー人形を買ってやって燃やして遊ばせるのもいいわ、ねえ、この子に何か買ってあげて、買ってあげて、なんでもいいから、そしたら静かになるでしょ。
父　携帯返してくれ。パウル、初日に台本が完成していれば、とってもいいんだけどなあ、どうかな、パウル？　パウル？　そうか、素晴らしい、ありがとう、ガービ、ありがとう。
恋人　パウルがつかまるのは半年に一度なんだ。
こんなイライラする子とイブを過ごすなんてイヤ。どこか託児所に預けるか、高速の休憩所に置いとくか、家に縛っておくか、何でもいいけど、こんなのとは一秒も一緒にいたくない。
娘　まあ、発作を起こしちゃった、イブなのに。私逃げちゃおっと。（父親の腕に飛び込み、機嫌を直す。）

（恋人はこわばった表情で泣かないように努める。）

父　俺の子なんだ。

恋人　誰の子でもいいけど、一緒にいるのはイヤ、私ここに残るから、そいつと母親のところに行けばいいわ……私はイヤ。仕事に行った方がまし、今夜仕事があるの、仕事するわ、倒れるまでやるわ。ふたりで好きにしなさい、私はイヤ。

娘　パパ、この女私のこと嫌いみたい。（泣きながら父親の腕の中に深く身を埋める。そして走り去る。）

（この場の最後の部分で、私たちはタクシーから人が降りた音を聞く。その人は階段を上り、ドアを何度もノックする。）

パウルとパウルの彼、玄関にて

（背後のテレビには「セックス&シティー(4)」が映っている。）

パウルの彼　帰って。

パウル　君が忘れられない。

彼　今頃になって言われてもね。

パウル　そんなつもりじゃなかった。

彼　じゃあどういうつもりだったの？　私がバカな女で、セックス&シティーのとおりにしかしゃべれないから、友達に恥ずかしかったんでしょ。

パウル　愛してる。

彼　まあ滑稽、忘れられないのは夜だけ……眠れない夜、寂しいだけでしょ……

パウル　戻ってくれ。

彼　何よ？

パウル　頼む、戻ってくれ。

彼　そっちが勝手に私から出てったくせに。

パウル　出てったのは僕じゃない。

彼　そっちよ。

パウル　僕？　ちがう、あれは……別の誰かだ。ちがうよ、ちがう……僕じゃない。

彼　そっちが出てったのよ、昨日も、おとといも、その前の晩も……三週間に五回も出て行くから、そのたびに私はそっちに行ったけど、もうおしまい。

パウル　おしまいってどういうこと？　この先どうなるの？　おしまいになんて、できないよ、僕たち二人のどちらかが死んだとき、はじめておしまいになるんだから。
彼　毎晩は無理よ。
パウル　無理じゃない。
彼　あなたは無理じゃないかもしれないけど。
パウル　無理じゃない。
彼　無理。
パウル　無理じゃない。
彼　帰って。
パウル　イヤだ。
彼　帰って。
パウル　やだ。
彼　帰れ。
パウル　帰らない。

（少しの間）

彼　（とても小さな声で）帰って。
パウル　無理だ、帰れない、僕は……頼むよ……もうだめだ、死んじゃう。
彼　帰って、よそで死んで。

（パウルの彼はドアを閉める、パウルはドアを叩く、とても大きな音で叩く、まるで壊そうとするように、大きな音でベルを鳴らす。）

彼　やめて。
パウル　開けるまでやめない。
彼　帰って。
パウル　プレゼントがあるんだ、もらってくれない？

（ドアが開く。）

彼　足をどけて。
パウル　やだ。
彼　パウル、閉めるわよ。
パウル　閉めてみろ。
彼　閉めるわ。
パウル　ああ、閉めろよ。

（間）

パウル　戻ってくれないなら、ちょっと寄ってくれればいい、ほんのちょっと、一時間くらい、どう?

彼　ダメ。

パウル　おとといは一日中クローゼットに閉じこもってた、その前は何時間もキッチンテーブルの下で耳をふさいでた、鳴らない携帯が耐えられなかったから、君はかけてこない、僕はもう……ああ……ほら見て、血が出てる、これは……君のために……僕が……戻ってきてくれ、でなきゃ……僕は君を殺しちゃう、きっと、やりかねない、まず君を殺り、それから自分を……さっき試したように……

彼　……自殺するって言うのね、やめて、いつもそんなことばかり言って。

パウル　ちがう!

彼　あなたの言うことは一言も信じられない。

パウル　……僕は……今日だけでも戻れない?　今日だけでも、せめて三〇分、料理できてるんだ、僕……だってイブなんだよ……頼むよ（とても小さな声）。一緒に来て、三〇分、いや一時間、そしたら帰っていい、お願いだから（とても小さな声で少し歌う「Schneeflöckchen, weißröckchen」(5)）

彼　イヤ。

パウル　今晩一人で過ごすの?

彼　そうよ。

パウル　そこに誰かいるんだ。
彼　いません。
パウル　誰かいる。
彼　いません。
パウル　一人でパーティーするの？
彼　パーティーじゃなくて、ＤＶＤを見て寝るだけ、おしまい。
パウル　君の言うことは一言も信じられない。
彼　帰って。
パウル　キスして。
彼　イヤ。
パウル　ねっ。
彼　ぶらっと来て、最初からやり直すなんてできないでしょ。
パウル　できるよ。
彼　できません。
パウル　できる。
彼　できません。
パウル　できる。
彼　できません。
パウル　おい、ひどいぜ。

彼　帰れ。
パウル　やだ。
彼　帰って。
パウル　耐えられない。
彼　お互いさま。

（ドアが閉まる。パウルはドアを叩き、叫び声をあげる。間）

パウル　キスしてくれ。
彼　帰るって約束するなら。
パウル　わかった。
彼　でも何の意味もないからね。
パウル　わかった。
彼　何の意味ないもないから。
パウル　了解。
彼　わかった？
パウル　了 - 解。
彼　言って。
パウル　何を？

彼　言うの。
パウル　だからなんて？
彼　何の意味もないって。
パウル　何の意味も……ない。
（ドアが開く。二人は長くキスする。）
彼　じゃあ、帰って。
（交通事故……音楽……自動車が溝に落ちる、テールランプ。）
ラジオの声　一八二七年以来最も寒い日になりました……金曜日からずっとマイナス三四度です……これからクリスマスにかけてさらに寒気が強まるでしょう。
子供　（空港で）ママは携帯を切っちゃった——誰に連絡すればいいの
ラジオの声　……これから午前二時ごろにかけて吹雪があり、体感温度はマイナス四二度まで下がる見込みです。

（音楽、交通事故）

老婦人　ここはとても静か。（間）壁に車をぶつけるのはもうやめて、耐えられない！（叫びだす）ああああ、あああああ、あああああ

ベッドの中の男と女

彼女　どうしたの？

彼　別に。

彼女　ほんと？

彼　何で？

彼女　ほんとにほんと？

彼　ほんと。

彼女　ほんと？

彼　ほんと。

彼女　ほんと？

彼　ほんと。
彼女　本気でほんと？
彼　見りゃわかるだろ。
彼女　何ともないの？
彼　何だよ？

（短い間）

彼女　一緒にいるのよ。
彼　うん、そうだよ。
彼女　ほんと？
彼　ほんと。
彼女　じゃあ、何ともないのね？
彼　何ともないよ、いったい何だよ、明かり消してくれよ。
彼女　ちょっと待って……
彼　何だい？
彼女　何か言うことはないの？
彼　言うって？　今？　何を言えっていうんだよ？
彼女　それを聞いたのよ。

彼　言うことはないよ、ない。
彼女　あなたはなんともない／
彼　なんともないよ。
彼女　全部順調？
彼　え？
彼女　（突然大声になり）全部順調かって聞いてるの。
彼　（驚く）何だよ、おい？　叫ぶなよ。
彼女　あなたが心配なの。
彼　俺は大丈夫だよ。
彼女　そうは思えない。
彼　やめよう、寝よう。
彼女　何？
彼　勘弁してくれ。寝ようよ、すぐ起きて朝まで仕事して、それから頭のいかれた連中が来て、また朝まで仕事……寝よう、二〇分でいいから、さぁ。
彼女　あなた大丈夫に見えない。
彼　え？
彼女　あなたは大丈夫に見えない、大丈夫そうに見えない。

（間）

彼女　考えてるの
彼　やめろよ
彼女　考えてるの、どうしてこうなったか、どうしてあなたが不幸になったのか。
彼　俺は不幸じゃないよ。
彼女　どこで狂ったのかしら。
彼　狂ったって？
彼女　ええ、どこか、変わったわ……変よ、あなたのところそんなに静かなの？
彼　……何だって？
彼女　あなたのところもそんなに静かなの？　向こう側のあなたのところ。
彼　向こう側の？
彼女　あなたがいるところ……
彼　俺はそばにいるじゃないか。
彼女　ちがうわ。
彼　え？
彼女　これはあなたじゃない。

（間）

彼女　夜、ベッドで目を覚ます……眠るあなたを見る。目が覚めたままあなたの息を聞く……毎晩こうなの……毎晩毎晩……あなたを観察する。最近とても、とても不安よ、あなた暴れるから

彼　まさか。

彼女　眠りながら暴れてるのよ。

彼　暴れないよ。

彼女　暴れてるわ！　眠りながら暴れてるから、起きちゃってあなたを見る、だって知りたい、知りたいのよ、でも……眠ってるあなたを見てると、何か夢をみている、たぶん寝てないのね、寝てるフリをしているんだわ、私なんか気付かないと思ってるんでしょう……あなたはどこかにいる、どこにいるの？　どこ？　毎晩なのよ？　どこにいるの？　どこ？

知りたいの、あなたはどこ？

彼　そばにいるじゃないか。

彼女　叫ぶのよ、自分じゃわからないでしょ、知っておいてよ、突然叫んで、私から身を離して

……

彼　それで？

彼女　……私、全部メモしたの、その場で、眠りながらあなたが叫ぶことを、起きてるときのもメモしたわ。何度も何度も繰り返しメモを読んでみたけど……困っちゃって、だって何の意味もないんだもの。

彼　え？

彼女　あなたが夜言うことは、意味がない、あなたが眠りながら言うことは、何の意味もない、だから不安になる――どうしたらいいの、全然わからない、この……私のいない人生、完璧で……何か別の、何か、私のいないあなた、それって何？　どんな人生なの？　私のいない人生って、どんな人生なの？

パウルとパウルの彼、玄関にて

パウルの彼　出直して来たって前と同じようにはいかないわ。

パウル　同じだよ、変わらない……戻ってこいよ

彼　ダメ。

パウル　来い。

彼　ダメ。

パウル　……君を見ていると、今、こんなところで、想像もできない、僕たちが、その……何も変わらない、なあ、悪かった、でも、あれは、どうしてああなったのか、でも……頼む、戻ってきてくれ、頼むよ

彼　そっちが勝手に私から出てったくせに。

パウル　出てったのは僕じゃない。

彼　そっちよ。

パウル　僕じゃない
彼　じゃあ、誰だったの？
パウル　知らないよ、君の彼の、二七人の彼の誰かだったんじゃないか……そいつら今そこにいるんだろ？　みんなそこにいて……僕のこと死ぬほど笑っているんだ、ねえ、愛してる、戻ってくれ。
彼　ダメ。
パウル　君なしじゃ生きられない。
彼　（笑う）あらまあ、どこでそんな台詞覚えたのかしら？
パウル　君が必要だ帰ってこい
彼　（その台詞を笑う、パウルは彼の頭をたたく。）触らないで。
パウル　頼むよ
彼　ダメ
パウル　必要なんだ
彼　ダメ
パウル　必要なんだ
彼　ダメ
パウル　シャツを脱げ
彼　えっ……気でも狂ったの？
パウル　誰がシャツを着てていいと言った

彼　何かやってんの？　クスリ？
パウル　俺が？
彼　それとも何か新しい本でも読んだの？……なんかあんたこう……いつもと何か違う。
パウル　ああ、違って当然だ、何か違う、何か違う、ああ、全部違って当然、なんで俺を捨てた？
彼　（疲れて）ちょっと、あんたが私を捨てたのよ
パウル　違う
彼　そうよ！
パウル　違う
彼　そうなの
パウル　お前を捨てたのは俺じゃない、ほかの奴と間違えるな。
彼　違う、あなたが私を捨てたの、間違うわけないでしょ。
パウル　誰だ、そこにいるのは？

（短い間）

パウル　ひとりじゃ眠れない、耐えられない、無理だ。
彼　じゃあ、ほかの人を探しなさい。
パウル　おい、気が狂いそうだ、わからないのか。

（間）

パウル　シャツを脱げ。
彼　何よ？
パウル　頼む
彼　何なの？
パウル　いつもそうしてたじゃないか。
彼　うわ、完璧にいっちゃってる、何飲んだの？
パウル　シャツを脱げ。

（パウルは彼のシャツを脱がそうとしてキスする。抵抗する彼に性的なニュアンスを込めて平手打ちをして、再びキスする。彼は身をふりほどいてドアを閉める。パウルはドアを激しくたたく。）

パウル　開けてくれ！　開けてくれ！（間。それからやさしく）ハロー、ハロー――ハロー？
彼　いいわ、開けるから、私に触らないでね、いい？
パウル　うん。
彼　約束よ。
パウル　うん。
彼　静かに落ち着いてね、いい？

パウル　うん。

（ドアが開く。ふたりはしばらく黙って見詰め合う。）

パウル　ハロー。
彼　ハロー。

（間）

彼　プレゼントはどこなの？
パウル　うん、ＣＤを焼いたんだ、これ……いつも聞いてる……君のことを考える時……いつも……WHEN YOU REMEMBER WHO I AM JUST CALL、知ってる？
彼　知らない
パウル　入ってもいい？
彼　ダメ
パウル　ほんのちょっとでいいから一緒に来て欲しい……そばにいて欲しい、眠るまででいいから、そしたら帰ってもいい、意味なんかない、本当さ、そしたらもう電話しない。でも……来てくれないと眠れないんだ、君がいないとつらい、君は……
彼　（パウルを抱き、とても情熱的にキスする、それからドアを閉める）今日はここまでね

(短い間)

パウル　あああああああ

(雪の中を歩く足音――誰かが静かにクリスマスの歌を歌っている)

老婦人　(とても静かに) 誰も帰ろうとしない……家には何もないから……誰も待つ人のいない家……あんなに期待したのに……誰もひとりではいたくないから……

子供　パパ?

空港の託児所

保母補　(童話を語る) 小さな男の子は不安を感じながら、凍てついた町を歩きました――霧、雪、広告灯のネオン、家々は青く光り、孤独な人々はテレビの前に座って、皆でお祝いしているテレビの家族を見つめるのでした……少年は凍った道の上を滑るように歩き、そのわきを自動車が音を立てて走り去りました。

子供　ママは？

保母補　しかし誰もいません、町は寒く、誰も見当たりません。少年はさらに歩き続けました。すると一歩歩くごとに、町はますます大きくなり、少年は自分がどんどん小さくなる気がしました。心臓が静かに燃え尽きるなか、少年は……ほとんど機械的に歩き続けました、というのも少年は自分がどこへ向かっているのか知らなかったからです……少年は歌いました「きよしこのよる　星はひかり……」、少年はこの夜をひとりで過ごしたくなかったのですが、家で彼を待つ者は誰もおらず、どの部屋にも人気がありません、みんなはあっという間に家を飛び出したに違いないのですが、少年だけは取り残されてしまったのです

子供　パパとママはどこなの？

保母補　いつまでもいつまでも待ち続けましたが、誰も姿を現わしません、少年は不安になり始めました、少年の心臓は恐ろしい勢いで燃え始めました……

傷ついた青春／舞台稽古

（三五才くらいの男性、若く見えるが三四才くらいの少年、三五才くらいの女性）

（大都会のアパート）

（踏みつけられたステレオ、荒廃した部屋、寒々としている）

女　「ねえ、何かしなきゃダメよ」(6)
少年　「何をだよ？」
女　「なんでもいいから、とにかく何かしなさい」
男　「大丈夫、何かするさ」
女　「あてはあるの？」
男　「わからないけど、何かするよ、そうだろ？」
女　「（男に）まったくこの子、毎晩飲み歩いて、明け方に帰ってきてステレオの上に倒れ込んで、連れてきた子とセックスして、しかも相手かまわず、男だろうが、女だろうが、犬だろうが、猫だろうが……」
少年　「カナリアだろうが、クソったれ、くたばれ、畜生！」
男　「ほら怒らせちゃったろう」
女　「ステレオどうするの⁉　めちゃくちゃにしちゃって⁉」
男　「声が大きい」
女　「聞いてるのよ、これ……堅信礼のお祝いにもらったのよ」
男　「新しいの買えよ」
女　「そりゃそうだけど」

（少年はベッドに横になり、重く息をし、喘いでいる。女は少年に向かって言う）

女　「どうしたの？」
少年　「知るか（痛みのため小さな悲鳴をあげる）」
男　「（女に）どうした？」
女　「ちょっと腕を見せて」
男　「どうしたんだよ？」
女　「ほら、見せなさい」
少年　「なんでもない、さわるな、やめろ……こっちの手なら、こっちなら触ってもいい、でもこっちはだめだ」
男　「何があったんだ？」
少年　「知るか、折れてたんだ、親指が……親指が折れてた」
男　「いつ？」
少年　「傷口が変な風にくっついちゃったんだ」
男　「痛むか？」
少年　「ああ、痛い」
男　「医者に行ったか」
少年　「医者には行かない、行かないよ」
男　「どうして？」

少年　「知らないし……だって……どうしろっていうんだ……金かかるし」

（間）

少年　「どうしてずっと帰ってこなかったの？」
女　「ねえ、ここなんて寒いの」
男　「え？」
女　「寒い」
男　「そのことじゃなくて」
女　「おもては凍結してるわ、ね？」あっちこっちで事故が起こって、今晩だけで二九八人も死んだんですって、スリップして運河に突っ込んだら水が凍って、そのまま出られなくなってゆっくり死んでいくの。
少年　「おい、あんたたちはずっと帰ってこなかった、ずっと僕を一人にしておいた、どうしてだ？」
女　「用があったのよ」
少年　「用？　何の用だよ？」
女　「仕事とか」
男　「暖房、壊れてるのか？」
少年　「僕はここにひとりっきりだった、様子を見に来てくれる……と思ってたのに」

女　「三回来たわ、でも誰もドアを開けなかった」
少年　「玄関のブザー鳴らした？」
女　「鳴らしたわ」
少年　「ブザー壊れてるんだ」
女　「そんなのわからないでしょ？」
少年　「外に書いて張っておいた」
女　「見えなかったわ」

（少年は悲鳴をあげる。）

女　「どうしたの？」
男　「痛むか？」
少年　「うん」
男　「指か？」
女　「そうよ、指でしょ」
男　「外に出てくれ」
女　「どうして私が外に出なきゃいけないの？」
男　「何で来てやらなかったんだ？　お前言ったじゃないか、この子の面倒見るからって」
少年　「面倒を見る？　あんたたち頭大丈夫——『面倒見る』必要なんてないからね、ときどき様子を見に来てくれりゃいいんだ、だって僕らは皆……その、ほら」
男　「ひとつだから」
少年　「ちょっと、そうじゃなくて、たぶん、ほら」
女　「私様子見に来たわよ」
男　「本当か？」
女　「来たわ、でも誰もドアを開けなかった」
少年　「玄関に『ブザー故障中』って張ってあるだろ」
女　「張ってないわ」
少年　「見て来いよ、張ってあるから」
女　「張ってないわよ、三回も来たけど、いつも町に来た時、寄ってみたけど、誰も出なかった」
男　「一度ポストにメモを入れておいたよ」
少年　「ポストは故障中なんだ」
男　「ポストが故障中？」
女　「何でも故障するのね」
男　「ポストの故障ってどんな故障だ？」
少年　「鍵をなくした……それに中を見なかった」
男　「どうして？」
少年　「ゴミや広告のチラシばかりだから、僕は何も買いたくない、欲しくない、何も買わない、

女　「何でも買わせようとチラシばかり入ってる、だから鍵を閉めて捨てた、何も買わないから」

男　「誰のお金だと思ってるの?」

少年　「しーっ」

男　「そう、誰の金かって、自分で稼いでるんだ、毎晩仕事に出かける、金を稼ぐ、だから飢えてない、うっ、手が」

女　「医者に行けよ」

少年　「どうするつもり?」

「『どうするつもり』なんて聞くなよ、……ううっ、クソ……」

（沈黙）

「音楽掛けていいだろ」

（立ち上がろうとするが、倒れ、腕を突き、痛みのあまり悲鳴をあげ、もう一度立ち上がり、何か床にあったものを踏み、転ぶ。）

「畜生、畜生、畜生」

（本棚を蹴飛ばしながら、本棚に話しかける。）

「ヘイ、どうするつもり？　どうするつもりなのかなあ？　ほら、話してみろよ、どうするつもりなんだ」

（蹴飛ばす）

「通してくれ、ごめんな、通してくれ、そこにいると邪魔だよ、通れないよ（男と女に向かって）くだらねえ本……何の役にも立たない……読んで読んで読みまくったけど……無駄だった……まったく役に立たない……これ以上やってらんないや……ほら、見てよ（女に向かって自分の体を示して）ここを切ったんだ、触るな、見るだけだ、触るな」

（女は男を見る。）

「これ、新しく買ったレコード、よく掛けるんだ、掛けるとゆっくりゆっくり踊れる、すべるように……そう、すべるように……時間と空間の中を」

（笑う。しかし痛みで顔をしかめる。）

「痛てっ、畜生、笑ってもしっかり痛てえなんてひどいよな？　な？　そうだろ？」

（自分の体を殴る。）

「なんなんだ？　なんなんだ？　答えろ……答えないのか……おかしい……この体いかれてる、聞いてるのに答えない」

（両手で自分のこめかみを短く強く何度も殴る。）

「ハロー？　誰か家にいる？」

（床に倒れる、しばらく静かになる、それから両肘を使って女のところに這っていき、泣く、そして男を抱き寄せ、キスし、二人で女の腕に身を横たえる姿勢になる。）

「様子を見に来てくれて、嬉しいよ。今や家族は一同に会した、な？」

雪の中の老紳士と老婦人

（クリスマスの鐘の音、雪の中を歩く夫婦。）

妻　きれいね
夫　二人だけになったな
妻　そうね
夫　先に死んだら、お前、どうする？
妻　そこにいるじゃない、あなた。私がいて、あなたもいる……あなたがいなければ、私もいない、私一人残るなんて……私もすぐ行きますよ
夫　愛してる
妻　はいはい
夫　昔も今も
妻　しっ

（後ろの方でかすかに事故の音）

夫　ガービたちだといいな
妻　冗談やめて
夫　うるさいだけだ
妻　なんてこと言うの？

夫　そうじゃないか……一時間ほどやって来て、馬鹿なことばかりしゃべって、帰るだけ……うるさいことうるさいこと……お父さんお母さんお元気ですかって挨拶もしない……一度もしたことない……孫を預けるとさっさとパーティーに出掛けて、迎えに来て帰る……食事だってお前が作ったのを持って帰るだろ、いい年して、稼ぎだってあるくせに……家で料理しないのかね……ベビーシッター頼む気はないのか、金はかかるが子供は見てくれる、なにも私たちに預けなくてもいいじゃないか

妻　私は孫の世話が好きよ

夫　おいおい、駄目だよ、うるさいだけでまともな会話にならない、しゃべるといったら……何語なんだあれは、英語か、一言もわからない……マンガの登場人物みたいにしゃべりだす、びっくりだよ、携帯の呼び出し音より耳障りだ……それからあの新しい夫、俳優だっていうけど……早口で一言もわからないよ……ちゃんとした俳優なのか？　あんなの雇う劇場あるのか？

妻　あちこち移り歩いているみたいよ、昔は……引っ張りだこだったってガービは言ってるけど……今は声が掛からないようね……今のところ……駄目みたい、ガービは流行りのタイプじゃないって言ってるけど……第一線から退いて、子供が出来てからは何もしなくなって……子供と自転車に乗るのが好きで……でもそれで仕事が取れるわけじゃないわね、自転車に乗るパパなんてね、それで落ちぶれちゃったのよ

夫　ほお、なるほど

妻　昔はかっこよかったそうよ、ガービに言わせれば、ドラッグやってて政治活動もしてて、

パーティーに欠かせない存在で、新作の主役をいつも演じていたんですって。映画も監督したことあるようよ……まあ、でも、皆そうなるのね……男は二五が花、そのあとは……だんだん難しくなって……理想も失って

夫　おい、あんな奴でも理想があったのか？

妻　なんでも若いとき大勢の仲間と劇団を作って、なんだか知らないけど「公正な世界経済」とかいうのを起こそうとしたらしいわ、「公正な戦争」だったかしら？　とにかくラジカルで新しい形式、連帯だとか、そんなのをね……で、これが突然、全員それぞれの人生に着地したんですって、彼も含めて……それで子供が生まれて……ずいぶん旅をしたようよ、中くらいの役をもらって……いろんな……プロジェクトに参加して……得たものは……幻滅だったらしいの、公正な世界経済は実現しなかったし……かつて戦った敵と基本的に同じになっちゃって、みんな自分の事しか考えなくなったわけだから……それで（笑う）。忘れ去られてしまった彼は、たった一人完全に失敗したのね、たぶん優しすぎたんでしょう……「情況」のために闘うのみで、自分のために闘わなかったから……「情況」を長く信じすぎた、そんなものなくなってしまったのに、いつまでも信じ続けた、その結果今……子供と座ってるだけで一文無し（笑う）……でもときどきはテレビに出ているようよ……神経科の病院に勤めていて、『海辺のクリニック』だったか、『夢のクリニック』だったかの先生らしいわ。

夫　とにかくあいつは中身がカラッポだ、言うことも信じられない、ガービのことも愛してないぞ、だいたい神経質すぎる、あんなにタバコを吸うなんて……それに子供たちに買い与

えるものといったら……いつも音が鳴り、チカチカして、あれでは……ちゃんとした文を話せないじゃないか……もう一一にもなるのに……片言しか話せないなんて……だいたいおじいちゃんとおばあちゃんが何だかわかってるのか？　私たちが誰だか、まったくわかってない……私たちがいてもいなくてもどうでもよくて、ただやって来て、携帯のサイトを見て、おまえの手作りのケーキを食べて、コーラを飲んで、**ギガ**[7]と**キカ**[8]を見て、ずっとゲームばっかりやって、帰っていく——私たちがいることすら気付いてない。

妻　ちょっと

夫　ん？

妻　二人だけなのよ

夫　ああ

妻　あんなに子供を欲しがってたのに

夫　まぁいるにはいるけどな

妻　苦労の種だったわね

夫　生まれて二年間は良かった

妻　ええ

夫　でも二人でやってこれた

妻　私をこの世につなぎとめるたったひとつ

夫　おまえが死ぬ時は……あとを追うよ……さあ、車に乗ろう

（事故）

ラジオ局のスタジオ。二人のパーソナリティー。
パーソナリティー一　今年の死者の数、すごいわ。
パーソナリティー二　君から話してくれる？　僕、ちょっと外を見てこようと思うんだ。
パーソナリティー一　正確な数知ってる？　死者二三七人、負傷者八〇人だって……この一時間だけでよ？　ありえないわ。
パーソナリティー二　もう一度聞いてくる、きっと間違っているから。
パーソナリティー一　どうなってるのかしら？
パーソナリティー二　マイナス三五度……道路は完璧に凍結しているんだ。
パーソナリティー一　ゆっくり走るんじゃないの？
パーソナリティー二　でも皆……逃げ出そうとして急ぐから……
パーソナリティー一　必死なのね。
パーソナリティー二　気が立っちゃって……
パーソナリティー一　電話で確認しといて……こんなに死者が多いなんてここんとこないんだから。
パーソナリティー二　皆逃げ出すつもりなんだ……
パーソナリティー一　なんか落ち着くものをかけて

母／父

（古い童話レコードに似た場面）

父　食べ物はたっぷり置いてきたかい？
母　大丈夫、あの子飢えたりしないわ
父　本当かい？
母　ええ、ポテトチップスとパンを少し置いておきました。あの子には十分よ。テレビをつけておきましたから、私たちがいなくなっても気づかないわ。
父　よしよし
母　少し……休みたいわ
父　そうだね、二人だけの夜、最後の夜だから

男／精神科医

男　　　お時間を取っていただきありがとうございます――しかも今日みたいな――お休みのところを

精神科医　今日は特に予定を入れてなかったので

男　　　構わないんですか？

精神科医　ええ

男　　　本当に？

精神科医　仕事好きなんです……妻も私もここ七年間、イブでも休まないんですよ

男　　　奥様を愛していますか？

精神科医　（笑う）えっ？

男　　　奥様を愛していますか？

精神科医　まずこちらへどうぞ、それから愛について話しましょう。

傷ついた青春／舞台稽古

少年　「なぁ、今でも感じてるか？」

男　　「何を？」

少年　「燃えるような夜を。心臓がさ……歳を取ると……なっ……人間は歳を取る、僕だって……でも情況は変わらない……決着はまだついてないぞ……何も変わってない……僕は

男　「……いくつだっけ？」
少年　「俺よりひとつ若いだろ。」
女　「あんたよりひとつ若い、その通りだ……決着はまだだ、僕は」
少年　「電話したの？」
女　「どこに？」
少年　「エージェントよ、私が教えた番号に掛けた？」
女　「掛けるつもりだったけど……まだ……」
男　「しょうがないわね。」
少年　「どうして掛けなかった？」
「この静けさ……感じるだろ……夜、ここで横になると、すごいぜ、まわりは完璧に静かで、心臓の音が聞こえる……何かが壁から這い出すのが聞こえる……それも心臓の鼓動かな？　わからない……痛っ、クソ、痛みが止まらないならこいつを切り落としてやる……それから僕はここを出て行く……ここにはいられない、いられないよ、奴らはしゃべりすぎる、本当におしゃべりだ、耐えられない、奴らと一緒にいると、家に帰るときも、ここに来るときも、ずっとしゃべり通しだ、本当にわけわからない、何しゃべってるんだあいつら？　何しゃべってるんだ？　おい？　何しゃべってるんだあいつら？（男につかみかかる。）何しゃべってるんだあいつら、なあ、言えよ、何なんだよ、何なんだよ？　お前何でも知ってるじゃないか」

（ちょっとしたつかみあいになる。女は間に入る。）

男　「いったいどうしたんだ？」

少年　「寝足りないんですね？　寝不足ですか？　ごめんなさい、先生、あなたに猥褻なことをするつもりはなかったんです（ズボンから性器を取り出す）。見て下さい（笑う）。ステキでしょ？（性器をぶらぶら振る）。僕のたった一人の仲間です（笑う）。気に入ってます、大きすぎないし、小さすぎないし、それに……とてもエレガントで……（男に向かって）こいつ(9)マジでキレるから、注意しておけ」

男　「そんなのわかってるよ」

少年　「そんなのわかってる、そんなのわかってる、そうさ、僕だってわかってるさ、いや、僕は知らない、だってあんたが友情を求めていたとき、僕はたいてい寝てたから、ていうか酔っ払ってたから、あんたらがこいつとお楽しみの最中、僕はいなかったんだ」

女　「ねえ、ライター持ってない、何か——何か持ってない？　ねえ！」

少年　「だから僕は何時間もひとりで夜の町を歩き続けた、この声に耐えられなかったから、こいつらのおしゃべりが僕を駄目にする、ほんとにメチャクチャになる、このおしゃべり、新しい玄関のブザーか何かかな？　だから一緒に仕事できないよ、ごめんね、プロジェクトの話だよね、違う？　こいつらセックスの前にも話をする、なんでなんだよ？　なんでだよ？　こいつら家の中のさみしさや静けさに耐えられなくなると、外に出掛けてしゃべりだすんだ、自分の問題とか、この世はおしまいだとかすごい刺激的だとか言って、いろ

 んな話を混ぜこぜにして、嘘ついたり、実行したり、なんだか知らないけど、話がどんどん進んでいく。うるさい、静かにしろ、そうじゃない、ごめんなさい、僕は上にいるから（暖房を蹴り、暖房と話す）。なんでそんなに怠けているんだ？　誰かに頭を殴られたからか？　それで引きこもって何もしないのか……あんたそれでいいの？　凍えちゃうよ、ほんと、あんたが怠けてるから、ちょっと動いて暖かくしてくれよ……クソ、寒いな、どうなってるんだ」

（少年が突然近づいて来たので、女は少々驚いて身をひく。少年は女にとても長いキスをする。）

「世界で一番おいしいキス、さてと……ここは落ち着いていて、静か、ほら（もう一度、女にキスする、そして男のところに行き、キスする。それから二人に交互にキスする）。ようやく、いい感じになってきた……パーティーにしよう……理由はなんでもいい……いや、このパーティーは僕らが……また一緒になったお祝いだ……今一緒になった……これからもずっといつまでも……ね？……痛っ……ここにいてくれるよね……（窓から外を見る）。ほら、昨日のお昼にあそこから誰か飛び降りた、ちょうどお昼を食べてたんだけど、こっちに合図してから飛び降りた、一一才の男の子だった……たぶんうまく行ってなかったんじゃないかな、親が嫌いだったとか、逆かもしれないけど、飛び降りた、ちょっと僕に合図して、それから飛んだ（自分のこめかみを悲鳴が出るまで力一杯殴る）。あれはあんただったの？　それともこの暖房だったの？　夜は寝なきゃいけない、夜起きてると変なことが起こる……いつもここに来る女の子、誰だか知らないけど、いつも玄関のブザーを鳴らして僕を愛してるって言う。でも誰だか知らないんだ……あの子も飛び降りちゃうんだろうね、ああ……この本……夜になるとしゃべるんだ……毎晩僕とおしゃべりする、不思議でしょ……でも僕には関係のないことばかり、君の言うことはわからないから、まったくわからない、でもしゃべりたいだけしゃべってもいいよ、別に聞いてないから、僕は誰の言うことも聞いてないんだ、どうでもいいんだよ、今僕の人生を映画に撮っているんだ、一晩かかる長い映画、すごくいい、風景がたくさん出てくる、木々や並木道や動物たち（笑い、音楽をかけずに踊り、ステレオの上に倒れる）。邪魔しないで、静けさが必要なんだ、出てってくれないかな？　出て行け、静かにしてくれ」

（男と女は目を見交わす、出て行かない。）

「……でも静かになると耐えられない（プレーヤーへ這っていく）。クソ、壊れてやがる……」（トーク・トーク[10]の『ニュー・グラス』を掛ける。……しばらく三人は音楽を聞く。）
「うっとりする、ね……これを書いた男は自分で病院に閉じこもったんだって、この世にいたくなかったんだよ、だって……素敵だろう？」

（短い間）

男　「いつから暖房、壊れてるんだ？」
女　「寒すぎるわ、ねえ、それにこのシーツ、洗ってあげましょうか？」
少年　「彼は耐えられなかったから……消えることを望んだ、すべての善き人々は不在を望む、だってこんなくだらない人生に参加したくないじゃないか、な？　そうだろう？　ハロー！　ハロー！（自分の性器を何度も思いっきり殴る）。お前にも禁じる、参加するな、馬鹿ばかりやるくせに！　さあ、静かに、ほら、聞くんだ、素敵だろ？」
女　「はいはい、とにかくキリスト降誕祭のお祝いをしましょう」、ジーザス、「そう言えば、あなたも誕生日だったわね。」
少年　**僕はイエスじゃない、救世主じゃない！**
男　彼はイエスじゃないよ。
女　残念ね、私、救われたかったのに。
少年　「静かに」
男　「何だ？」
少年　「聞こえない？」
男　「何が？」
少年　（まず男にキスし、それから女にキスする、どちらにもとても柔らかく。それから短く笑う）「僕の心臓が」
男　「心臓が？」
少年　「燃え尽きようとしている、ゆっくりと。」

（間。少年は『ニュー・グラス』の最初のハーモニカのパートをかける。）

少年　「僕は何もできない、動けない、ここに横たわって……寒い……暖房が動いていたとき、壊れるまで踏みつけてやった。ちょっと凍えた方がいいんじゃないかって思って……ね？……ときどき凍えるのはとてもいいよ、違う？」
女　「それでこの子は誰なの？　言いなさい」
少年　「知らない、ずっとここにいる、たぶん連れてきちゃったんだろうな、そしたら出て行かなくなっちゃった」
女　「ここに寝泊まりしてるの？」
少年　「たぶんね。」
女　「この子もそれでいいの？　つまり、見てよ。ほら、この寒さでこのベッドなのよ、あんたたち。」
少年　「どうでもいいんじゃないの、ここに来るとき彼女はぐでんぐでんだったから、わからないんだ。」
男　「ガソリンスタンドのバイトはやめたのか？」
少年　「ただ行ってないだけだけど、スタンドの客って変な奴ばかりでさ、開店した頃は……あうっ……僕は……毎晩行く気だったよ……スタンドは……町で一番よかったな、隠れ家みたいで、気取った奴らもいなくて、うるさい広告もないし、銀行家もヤッピーもブローカーもテニス選手もゴルフに乗った奴らもフランクフルター・アルゲマイネ新聞の購読者も演劇フリークもいなくて、瞑想の場所だった、って言ったらわかるかな、でも今じゃ……有名になって、ピアスをしたメディア関係の女が来るし、コカイン漬けの投資ファンドの顧問とか来るようになって、行きたくなくなった、それよりここで寝ていたい……ここは最後の砦、どんな攻撃が来るのか知らないけどさ……あんたたちもここにいて欲しいな、踊ろうよ（少年は『ニュー・グラス』の二番目のハーモニカのパートをかける。）すべるように踊ろう、シダの葉のように、とても柔らかく、あらゆる方向に漂うように……静かに風に吹かれて……この寒さ、素敵だろう、ぱっと燃え尽きるんじゃなくて、ゆっくりと燃えていく……愛してる」

女　「誰を、私を？」

男　「それとも俺を？」

（三人で笑う）。

少年　「僕たちみんなを。」

病院の老婦人　どうして電話くれないの……静かで耐えられないわ、息子は私を愛してない、でもこの心は……ここでゆっくり燃え尽きようとしている……今すべてが死ぬ……（歌う、とても弱々しく。——「Schneeflöckchen, Weißröckchen, wann kommst du geschneit, du wohnst in den Wolken, dein Weg ist so weit...」(11)）

男／精神科医

男　私は父の書類で遊びました……事務所ごっこ、事務所ごっこです。父は会社に行く途中、私を幼稚園に送ってくれました……ところが私が後ろの座席に座ると、二、三分のうちに、私のことなんか忘れてしまうんです。会議、ランチョンミーティング、プレゼンで頭がいっぱいになって、独り言を言い出し、ようやく夜になってまだ後に乗ったままの私に気づくんです、私はただ座っていました、一日中です、父が私に気づくのは会社からの帰りでした

精神科医　後ろに乗っていていかがでした？

男　退屈でした、もうほんとうに退屈で、子供時代を通してずっと退屈でした……私はたいてい寝ていました、ときには夕方の五時ごろ起きて夜中じゅう事務所ごっこをして朝寝ることもありました……また一日中ミーティングごっこをすることもありました、ミーティングと会議のスケジュール管理ごっこです

精神科医　なるほど、どういう遊びですか？

男　自分とミーティングして、片づけなきゃいけない書類や事案の話をして、自分で自分に電話して……（間）たくさんオナニーするんです
精神科医　どれくらいですか？
男　とてもたくさんです
精神科医　なるほど
男　極端に多いんです
精神科医　今ですか、子供のときですか？
男　どちらもです
精神科医　わかりました

（間）

男　はい

（間）

精神科医　それで今、具合はいかがですか？
男　退屈です
精神科医　なるほど

男　まったく退屈です
精神科医　はい、わかります
男　あなたのも退屈ですか、つまり……一日中座ってしごいているのですよ、どう言えばいいか……退屈ではありませんか？
精神科医　何ですか？
男　退屈ではありませんか？
精神科医　何がです？
男　一日中しごいていることがです
精神科医　はあ（間）。ええと（間）。どういう車でしたか？
男　えっ？
精神科医　ほら？
男　はい？

（短い間）

精神科医　どういう車でしたか？
男　黒いメルセデスでした、今も同じ車に乗っています、黒のメタリックです、古くて、臭いがします。妻は子供と一緒にこの車のなかで死にました、私が橋の欄干にぶつけたんです、即死でした。両親は三週間後に病院で死にました……去年のクリスマスイブでした、まあ

精神科医　今夜は何が起こるやら（笑う、短い間。）……どの部屋も同じに見えます、気づきました？　ひとつドアを開けると、またドアがあって……いつも同じ部屋なんです
男　なるほど
精神科医　まあ、そんなわけで
男　ええ
今はお金があるので、働かなくてもいいんです、墓の中で暮らしているようなものですよ、両親の墓です、家も会社も、なぜだかわかりませんが、私のものなんです、今も座って事務所ごっこをしています、事務所ごっことオナニー、それがすべてです。

傷ついた青春／舞台稽古
少年　「あんたたちもここにいて欲しいな、踊ろうよ（少年は『ニュー・グラス』の二番目のハーモニカのパートをかける。）すべるように踊ろう、シダの葉のように、とても柔らかく、あらゆる方向に漂うように……静かに風に吹かれて……この寒さ、素敵だろう、ぱっと燃え尽きるんじゃなくて、ゆっくりと燃えていく……愛してる」
女　「誰を、私を？」
男　「それとも俺を？」

（三人で笑う）。

少年　「僕たちみんなを。」

（しばらく三人は踊る。少年はベッドに身を投げる。）

少年　「痛っ、クソ、いつも親指をついちまう。どんなに飛んでも、結局同じ痛いところに着地する。（女に向かって）ねぇ、何か作ってよ、ねぇ、僕の誕生日なんだから、ねぇ、僕のために料理してよ、あんた女なんだろ、あんたたちそのために来たんだろ（笑う）。もう一度一緒に寝てみようか？」

男　「勘弁してくれ！」

少年　「なんで、愉快だったじゃない。僕のを吸ってくれたね、僕もあんたのをなめてあげた……（女に向かって）あんたは何をしてくれた？」

男　「俺は何も、いつもと同じ」

女　「ねえ……私、結婚してるのよ。」

少年　「え？」

男　「さっきはあっという間で痛みもなかった。」

少年　「じゃあ今度は……なんだって？」

女　「そうなの」、愛する夫と。

男　「お腹には子供もいる。」
女　「二ヶ月なの、すごく楽しみ、男の子だって。」
少年　「ええっ、そんな、なんでまた？」
男　「二人は犬を飼っていて、田舎に引っ越すんだ。」
女　シェットランド産のスパニエル。
少年　「おい、どうしてそんなことするんだよ？」
女　「だって……聞くまでもないでしょ」。
少年　「いいから、答えろ、どうして？」
女　だって夫を愛してるし、幸せだもの。
少年　馬鹿げてる
女　そんなことないわ……夫を愛してるのよ、いけないの？
パウル　ガービ……君はこの人生に耐えられないから、この先……どうしていいかわからないから、ひとりぼっちだから、誰も君を望まないから、君は壊れているから、もう力がないから、寒いから。
男　お相手は君んとこのエージェントの社長だ。経済的に先の見えない時代に事務所の社長と結婚して田舎に越すのは間違ったことじゃない。
女　愛してるの。
少年　やめろよ。
男　そうだ、やめろ！

女　どうしたの？

男　愛してるって言ってるけど、それは、なあ、バアさんになる不安からだろう、君も中年になったわけさ……

女　思ったままを言っているのに……夫を愛しています、だから結婚するの。この町には頭のいかれた奴しかいないわ……田舎に引っ越す、どこか東の方の自然公園に移っていろんな人の再就職の世話をするの。

男　どういうことだ？

女　夫を愛しているし、幸せだし、結婚するの、会社は中くらいだけどうまくいってる、長期失業者の再雇用のお手伝いをするの。私たち犬を飼ってる、私は妊娠していて、男の子が欲しい、ラウズィッツ(12)に一軒家を買ったわ、ベルリン・ミッテ(13)には車で通うの、小さなアパートも持ってるから仕事が忙しい時はそこに泊まるの。友達はサスキアとゼバスティアン、二人の子持ちの感じのいいカップル、ときどき一緒にポツダムにスカッシュをやりに行く――スカッシュにはひとり多いけど……ねえ、どうして私幸せで結婚しちゃいけないの、**どうして？**

パウル　幸せは闘争を生みださないから。それに幸せは無意味だ、幸せなんかない、だから忘れろ。

女　夫を愛しているのよ、幸せよ。

少年　幸せじゃない。

女　幸せよ。

男　ちがう。君は孤独でゆっくり老いている、もう脱がないだろう、服の下はもう見た目と違

女　うからさ。
少年　そんなのおかしい！
女　皆、クリスマスイブなんだから、さあ、喧嘩はやめて
男　おかしいわ。服の下が見た目と違って見えるって何よ？　それに服の下がどう見えようと
女　誰にも関係ないでしょ、私が夫を愛して田舎に引っ越すんだからいいじゃない。
男　引っ越すなよ
女　引っ越す
男　やめろよ
女　やる
男　やるな
女　やる
男　やるな
女　やる
男　やるな！
女　やる！
男　下らない
女　下らなくない
男　下らない
女　下らなくない

男　下らない
女　下らなくない
男　下らない
女　愛してるの！
男　そんな暮らし無理だ。黙れったら黙れ！
女　愛してる。
パウル　それって俺のことか？
女　愛してる。
パウル　このくだらない俺を？　ぞっとする、ありえないよ
女　愛してる。
男　ちょっと休憩しよう。頭を冷やして最初からやろう――ビルギット、よろしく！
プロンプター　最初ってどこですか？
パウル　俺のグチャグチャな気分、わかってくれたら、ほんと感謝するよ。
女　あなた、また入院したの？
パウル　ホテルだ
女　へえ、病院かと思った
パウル　ホテルなんだ。
男　パウル、ちょっと、この後のセックスシーンだけど……
パウル　セックスシーンじゃない！

女　このシーン意味ないわよ
パウル　ある
女　ない
パウル　ある
女　ない
男　やってみるとうまくいくように思えないんだ
パウル　俺のグチャグチャな気分、わかってくれたら、ほんと感謝するよ。
女　ねぇ、チェーホフの『熊』はだめなの？　いい作品じゃない？
男　俺、九三年にやった。
パウル　チェーホフの何だって？
女　『結婚申し込み』、あれもいいわ。
男　それは九四年にやった。間違いない。
パウル　自殺したいよ。
少年　さあ、クリスマスイブなんだから、もう一度がんばろう、僕らは大人なんだ、じゃ行くよ、
「もう一度一緒に寝ようよ。」
パウル　いやだ、君たちとはもう寝ない！
少年　何だと、イエスは愛をお望みだぞ
パウル　そんな台詞ないぞ
女　台本には何てあるの、ねえ？

パウル　帰る
男　家で台詞を書いてきてくれ、何でもいいから。
女　お願い。
パウル　ああ、まかせてくれ。
女　何？
少年　「もう一度一緒に寝てみようか？」
プロンプター　「寝ようよ」
少年　え？
プロンプター　「もう一度一緒に寝ようよ」になってます。
女　「ねえ……私結婚してるのよ。」
男　「さっきはあっという間で痛みもなかった。」
女　「で、お相手は（笑う）。コカイン中毒のビタミン漬けフィットネス・フリーク、あら、ごめんなさい。」
男　「お腹には子供もいる。」
女　「二ヶ月なの、どうしよう。」堕ろしちゃおうかしら。
男　ガービ！
女　本当だもん！
少年　「ええっ、そんな、なんでまた？」
女　「だって……聞くまでもないでしょ。」

少年　「いいから、答えろ、どうして？」
女　「だっておばあさんになっちゃうから。」
少年　「そんなことないよ。」
女　「そうなの。」
少年　「昔と変わらずきれいだよ。」
女　「服の下はそんなことないわ（笑う）。照明でなんとかもっているだけ（笑う）。ねえ、お酒ある？　飲まないとやってられないわ。」
パウル　じゃ、飲むか！
女　ねえ、この女、私のことでしょ？　ね、この女、妊娠二ヵ月のこの女――あなたとはもう二度と話さない、違う？
少年　「ビールにしよう！」
女　「そうね。」
男　ビール？
少年　「どっかにあるだろう、廊下か、バスルームか？　バスルームを見てこいよ。」
男　え？
パウル　いいぞ、続けて！
女　「（男に）見てきてよ。」
男　ほんとに？

（暖房につまずく。男は、少年が躓いて転んだように、棒のように倒れて親指を痛める。）

少年　「なんて寒いんだ！　暖かくしろ、そのためにいるんだろ、おい」

男　「スペイン語で言わないと。」

少年　「誰に？」

パウル　「この暖房、スペイン語しかわからない。」

ちょっと出てくる。

少年　「前この部屋を借りてたマドリードのスペイン人が置いてったんだ。」

男　「暖房は備え付けじゃなかったの？」

女　「違うんだって、新しい法律ができて、暖房は借主が用意することになったのよ。」

少年　「そう。」

男　「冗談じゃないな。」

パウル　すぐ戻る……（去る）

少年　「ここには備え付けの家具なんか何もないんだ、だから何も当てに出来ない。」

男　それじゃ、まあ、ざっと全体をさらおうか？

女　「今は秋ね、もうじき冬が来て、雪がつもるだろうけど、あたしは働くわ、働くわ。(14)」

病院の老婦人／介護士補

老婦人　息子に伝えてくださった？
介護士補　ん？　ああ。
老婦人　電話を掛けてくださった？
介護士補　つながらなかったよ。
老婦人　あとでもう一度掛けてくださった？
介護士補　言ったろ、掛けたけどつながらなかったって。
老婦人　そんなはずないわ。
介護士補　掛けたんだよ。
老婦人　わずらわしいのね！
介護士補　ああ。
老婦人　ああって？
介護士補　いい加減にしろよ。
老婦人　でも？
介護士補　三回掛けたけどつながらなかった。
老婦人　信じられません。
介護士補　じゃあ信じるなよ。
老婦人　どうか息子に電話してください。
介護士補　ちょっとねえ、つながらなかったんだ。

老婦人　どうかもう一度、つながらなければまたもう一度、それでもつながらなければさらにもう一度、もう一度。
介護士補　ああ……わかったから黙れ。
老婦人　何ですって？
介護士補　黙れ、その口……その口を閉じろ、べらべらしゃべるな……こいつらほんとに……くっだらない……なんでここにいるか考えてみろ、息子って、そいつがここに押し込めたんじゃないのか？　考えてみろよ……俺にだって誰も掛けてこないいんだから。
老婦人　そうなんですか？
介護士補　掛けてこないよ。だから黙れ、黙って耐えてろ、じっとしてろ。

精神科医／男
男　おもちゃの話をします。父は商売でおもちゃを扱ってました。クリスマスが近づいて、ちょうど見本市が終わって時間が余ったりすると、私たちは倉庫に行きました、父は誰も卸売から買わない売れ残りから好きなものを選ばせてくれたんです──倉庫の長い通路を走って、あれこれたくさんカートに集めました──遊べるおもちゃというより、置いておくしかないガラクタばかり──香港製のゴムの恐竜とか、頭で倒立できる犬とか、とてもゆっくり「今晩は、今晩は」って歌う亀とか、バスタブで遊ぶひもの付いた潜水夫とか──走り回ってほいと拾い上げて……どうでもいいものばかりですが、目を閉じてガラクタの山から適当にカートに拾い上げるんです……出口でカートから出して、イブの日にクリスマスツリーの下に並べます。おばが来ると、私が自分で拾ってきたことを知られないようにして、心から喜んでる振りをするんです（笑う。短い間。玄関ブザーの音だけが聞こえる。まったくあきらめた様子で）どうしてあんなにつまらなかったのでしょう？　何も起こらなかったんですから、今もそうですけど……何も起こらない、ただ一日座ってオナニーしているだけ……今年のクリスマスも……私、ここ数日ひどく混乱していまして……何も起こらないんです、どうしたのか？　何もわからない、すべて同じです、家の中も外も……どこへ行こうと関係ない……会社も……わからない、わからないんです、何もかも、全部壊れる……わからないんです……わからないんです……

精神科医　一度外に出てみたらいかがです

男　どこへですか？

精神科医　どこか気持ちいいところへ

男　それはどこです？

精神科医　まぁ、あなたの好きなところ。

男　それで？　どうしろとおっしゃるのです？

精神科医　誰かと食事に出かけるとか。

男　誰とです？

精神科医　まぁ、誰かあなたの……

男　先生、一緒に行きましょう。
精神科医　お断りします。
男　どうしてですか？

（精神科医は笑う。）
（男はすこし攻撃的になる。）

男　どうしてですか？
精神科医　（笑う）私はだめです。
男　（攻撃的に）だめ、どうして？
精神科医　あなたとは仕事上のお付き合いです、本当のお付き合いではありません。
男　本当にお付き合いするにはどうすればいいのです？

（精神科医は笑う。）
（男はすこし攻撃的になる。）

男　本当にお付き合いするにはどうすればいいのです？
精神科医　勘弁してください。
男　（攻撃的に）どうすればいいのです？

精神科医　あのう（中断する）。
男　（攻撃的に）なんです？
精神科医　これぐらいにしてください。
男　（攻撃的に）先生には私を助ける義務がある。
精神科医　どうやって？
男　（攻撃的に）知りませんよ。

（緊張が緩む。短い間）

私はただ……
精神科医　ただ？
男　ここに居たいんです。
精神科医　それはできません。
男　先生、そばに居たい、私は……
精神科医　ダメです、そろそろ
男　ここに……ここに座ってちゃいけませんか……先生は
精神科医　ダメです
男　診察を続けてください、私は
精神科医　ダメです

男　ここに座っているだけです、座っているだけです、それだけですから。
精神科医　ダメです
男　では廊下で待ちます。
精神科医　ここはもう……閉まりますよ、だから

（短い間）

男　先生、私は変われると思いますか？
精神科医　正直申し上げて……無理でしょう……別の機会に話しましょう、ね？
男　手を握ってもいいですか？
精神科医　ダメです。
男　ちょっとだけ。
精神科医　ダメです、今日の予定には
男　お願いです
精神科医　入ってません、今日の診察は
男　今日の診察って、何を診察するつもりだったんです？

（間。精神科医はどう答えてよいかわからない。）

男　何をするつもりだったんです？
精神科医　静かにしなさい
男　お願いします

（短い間）

精神科医　すぐ帰りますね？
男　はい。
精神科医　わかりました。

（ふたりはすこしの間、手を取り合う。）

精神科医　おさまりましたか？
男　何も感じません。
精神科医　はあ
男　触られても何も感じません。
精神科医　残念ですね。
男　先生は私に親しくしようとなさらない。そもそもご自分の職業がわかっていらっしゃらない。ここで何をしたいのですか？　先生には私を助ける義務があるのですよ。

精神科医　お帰りなさい。
男　いいえ、ここを動きません。
精神科医　帰りなさい。
男　先生こそ外に出てみて下さい、外ではすべて死んでいる、だから私は帰りません、ここを動きません。
精神科医　人を呼びますよ。
男　どうぞ、でも雪の中に放り出すのはやめて下さい、先生には私を助ける義務がある。
精神科医　あなたは病気じゃない
男　何ですって？
精神科医　あなたは健康だ。
男　違います。
精神科医　あなたはさびしいだけだ、人間皆そうですよ。
男　違います、ありえない、私は……眠れないんです、ここ何日も、私は……ああ、自分がどこにいるのかわからない、家がどこだかわからない、親が生きているのかわからない、これ全部私の空想なのか、ここ数日デスクに座っている会社が自分の会社なのか、皆で私をだましているのか、さっぱりわからないんです……何も感じないんです、時間が流れるのしか感じられない、時間が私から離れ、私の人生が私に別れを告げる、私から離れてゆっくりと私のいないどこかへ流れてゆく、私は自分の人生を生きていないのがわかります、私は別の人生を生きている、私が生きるつもりのない人生、でも私にはどうすることもできない、何かが私をつかんで離さない、私は帰りたいけど、帰れない……

精神科医　誰に話してるんです……

男　は？

精神科医　皆そうです、患者はあなたのように話します、ここに来る患者は皆同じことを話します、私の反応も同じです、と言えばあなたの助けになるかもしれません。

男　いいえ、なりません。

精神科医　我慢するのです。そして……帰りなさい。

男　帰りません、帰りません。

精神科医　車に戻りなさい。

男　イヤです。

精神科医　さあ。

男　イヤです。

精神科医　さあ。

男　イヤだったらイヤだ！

精神科医　あなたは病気じゃない。

男　落ち着かせてくれ、どうか、頼むから！

精神科医　（笑う）あなたの方から来たくせに。

男　違う、先生が携帯にメールをくれて、今日診察があるのを教えてくれた。

精神科医　それはあなたに来る気があるかなと思ったからです。

男　それは先生が僕に来て欲しいと思ったからだ。先生は話し相手が必要なんだ、奥さんがクリニックで医長をして忙しいんで、死ぬほど退屈しているんだ。
精神科医　本当に帰りなさい。
男　ちょっとでいいから手を握らせて下さい、お願いです。
精神科医　さっきやってみたでしょ、役に立たなかったじゃありませんか。
男　お願いです、ほんの……ちょっとだけ……そうしたら帰ります

（ふたりは手を取り合う。）

男　何も感じません、まったく何も感じない。
精神科医　車に戻って、そして……

（事故の音）

ラジオ局のスタジオ
パーソナリティー　死者二三八名……これ放送していいのかな……町中死体だらけで、片付ける人もいない、放っておかれて凍っているなんて。

家族

母　まあ驚いた、ご覧、素敵なプレゼントよ
父　じゃあ、詩を読んでごらん、さあ、読んでごらん、ほら
息子　何の詩？
父　何か詩を暗誦したんだろう
息子　どんな詩？
母　食事にしましょう、ね
父　何か詩を暗誦できるんだろう
息子　だからどんな詩？
母　ほら、食事にしましょう
父　じゃあ歌を歌ってごらん
母　食事にしましょう、この子は何も朗読できませんから……歌も無理です、もういいじゃありませんか
父　何かできるだろう
母　いいでしょ、放っといて、あなたが年に一回ここに現れると、どうして皆突然詩だかなんだか朗読しなきゃいけないの？——自分で読みなさい、この子を解放しなさい

父　家ではいつも皆で歌ってたろう
母　ここはあなたの家ですか……ここは私の家です、あなたはゲストですからね……さあ食べましょう
父　どうしてこの子は一曲も歌えないんだい
母　だって歌わないいんだから、しょうがないでしょ……この子は歌わないの……クリスマスの歌も何も歌わない……あなたがどんな歌のこと言ってるのか知らないけど……私たちの息子は歌わないの

子供／空港の保母補
保母補　雪の中を歩き続けた少年は、そのうちどこを探せばいいのか自分でもわからなくなりました。いたるところ死体だらけです。彼は車道の脇に横たわる凍った死体のすべての顔を覗き込みましたが、お母さんを見つけることはできませんでした。彼はさらに探し続け、すべての死体を調べましたが、お母さんもお父さんも見つかりませんでした。
子供　ママ？　パパ？　どこにいるの？
保母補　町は静まりかえり、家々の明かりは徐々に消え、狼が吠え出しました。少年の心は暗くなりました。

病院の老婦人　（ゆっくり取り乱してゆく）この寒さはたまらないわ……目の前で車が何台も運河に落ちて、氷結する、家族全員、運河で凍えながらクリスマスを過ごすの、私のせい？　私のさみしさが磁石みたいに車を運河に引き寄せるのかしら？　そうなのかしら？　ケガした家族はリビングで、いいえ、溝で血を流して横たわってる、きっと出口を見つけられなかったんだわ。その地区全部が溝の中、クリスマスのプレゼントが配られる。運河にはクリスマスの飾りをつけた青く凍った死体、血だらけの子供たちは人気のない休憩所のゴミ箱のなかに横たわる。かと思うと、切り刻まれた赤ん坊がトイレに流され、後部座席にうずくまる舅と姑は誘拐された人質みたいに走行中の車から放り出されて、走ってきたトラックにはねられる。

子供　パパ？

保母補　少年はようやく山に着いたので、上に登り、凍りついた町を見下ろしました。残骸の山では人間が挟み込まれ、黒焦げになり、血を流し、宙に放り出され、雪の上に落下し、そのまま横たわり、叫び、叫び、叫び、それからまったくの静けさが訪れました。

子供　その話楽しくない、別の話はないの？

保母補　おいで。

子供　いやだ。

保母補　おいで。

子供　いやだ、行かないよ。

保母補　おいで、抱っこしてあげる、ほんのちょっとの間、抱っこしてあげる。
子供　いやだ。
保母補　パパはどこなの？　お姉さんはもう家に帰りたい、一晩中あなたといるわけにはいかないのよ。
子供　パパはきっと来る。車の鍵が見つからないんだよ、見つけたらきっと来る。いろいろ忙しいからよくなくすんだ、すぐ来るよ、心配いらない、別の話はないの、もっと楽しい話？

（保母補は去る。）

（間）

パパ？
パパ？
パパ？
いいかげんに迎えに来てよ！　寒いよ。

病院の老婦人／介護士補

老婦人　息子につながりました？

介護士補　おいおい……しつこいな？　つながったよ

老婦人　何て言ってました？

介護士補　よろしくって。

老婦人　まあ……それだけ？

介護士補　それだけ

老婦人　どうして電話口に呼んでくださらなかったの？

介護士補　おばさんを邪魔したくなかったから。

老婦人　そんな？

介護士補　一晩中おばさんのために働いているんじゃないんだからね——悪いけど、息子がクリスマスに電話をよこさないっていうのは、おばさんのこと忘れちゃったんだね……たぶんおばさんが変なことやったんだ……息子は一度も来たことないもんな。

老婦人　息子は忙しいのよ。

（介護士補は笑う。）

息子はとても忙しいの、すぐ来るわけにはいかないのよ、来るためには予定を立てたりスケジュールを調整したり大変で、あなたの思うように簡単にはいかないの

介護士補　きっとおばさん愛されてないよ。

老婦人　え？

介護士補　おばさんがここにいるんで喜んでいると思うよ。
老婦人　息子はここに来る時間がないの、働いてるから、忙しいから、片付ける仕事がたくさんあるから、締め切りに追われているのよ、すぐ来るわけにはいかないの、無理なの。
介護士補　息子って何してるの？
老婦人　仕事に就いてるわ、ちゃんとした仕事よ。
介護士補　たぶんおばさんをここに閉じ込めて俺たちに世話をさせて喜んでるな……おばさんが生きてるかどうかも知らないんじゃないかな、きっと完璧に忘れてるよ
老婦人　いいえ、仕事があるのよ、仕事が。
介護士補　来ないんだろ、じゃ探しにいけよ、な、探しに行っちまえ……今夜は凍えるけど、息子はあんたを愛していない、あんた愛されないタイプだ、俺があんたの息子でもここに放って腐らせるね、きたねえゴミ
老婦人　何ですって？　そんなこと言うと
介護士補　苦情でもなんでも訴えりゃいい、俺は明日ここをやめる、明日からここでは働かない

パソコン動画のサンタクロースたち。ネット上のデート。

（インターネット、ログインの音――コンピュータ音声に似た声（人間の声を真似たプログラム――

パソコン動画のマンガのキャラクターたちが携帯メールを読み上げるテレビ深夜番組に似ている）
――サンタクロースのキャラクター二人が以下の文章を読む）

――ハーイ！　君のプロフィール、気に入ったよ、笑顔、甘い口元、歯ぐき、笑うと歯が見えるところ、アソコの写真送ってよ
――OK
――すごい！　じっくり見てね。どんなこと望んでるの？
――tt, mp, st, lt, ff, 顔面に臭い靴下、pf, tbc
――クールね。ピッタリ。もっと笑って。アドレスちょうだい。
――pp？　クスリやる？　セーフ・セックス？　それともアンセーフ？
――いつもセーフ
――ごめん、生しか好きじゃない！　僕たち合わないみたい、バイバイ、

パウルと彼、電話での会話

パウル　もしもし僕だよ、聞いてよ、その、あれだよ、その、いい、ごめん……**頼む、部屋に入れてくれ、気が変になる、今夜行けるから、頼むよ、頼む**

彼　どうしろっていうの？……あなたが戻ってきて二日はうまく行くけど、それから……いつ

パウル　も悪くなる、どんどん、どんどん、悪くなるじゃない、あんたと私……ねえ、わかる、私たち……合わないのよ、わかる？
彼　わかるけど、今日はクリスマスなんだ、いいんだよ、僕らが合おうが合うまいが、もっと簡単さ、ねえ、頼むよ
パウル　ダメ
彼　頼む
パウル　切るわ
彼　ダメだ、切るな、頼む、僕は、僕は死んじゃう
パウル　どうぞ、死ねば、ご勝手に
彼　ほんとに死ぬぞ
パウル　「ほんとに」って素敵な言葉ね、「ほんとに」も「心から」も私大好きよ。その後には「いつまでも」、「君以外の誰にも」って続くんだわ、もう、やめましょ、パウル、私もう限界、続ける気はないの、週に三回出て行くたびに、私を罵るのやめてよ、あなたの悪態、繰り返してあげましょうか、お前は馬鹿だ、脳みそが入ってない、友達の前で恥ずかしい、中身が空っぽだからセックスのあと気分が重い、お前は体だけで心がない、お前は
彼　悪かった
パウル　ダメ、聞きなさい……ダメって言ったらダメなのよ
彼　君は「いいのよ」って言うときも、「ダメなの」って言うんだ
パウル　そうよ、でもそれは

パウル　だから君のダメは、「いいよ」なんだ
彼　ねえ、ちょっと
パウル　それがよかったんだ……気に入ってた……ダメなのって言うときの君は素敵だった（彼の真似をする）「ダメ、ダメ、ダメなの、パウル、ダメなのよ」
彼　（まったく冷静に）そうね、まあ、いいでしょう、でもそれは二、三日前のことよ、今は今。今の私は別人ですから、ダメって言ったらそれはダメのことなの「ダメ、お願い、ダメ、ダメ、ダメ、ダメ、ダメ、ダメ、ダメ、ダメ」
パウル　終わった？
彼　部屋に入れてくれない？
パウル　ダメ
彼　ダメ？
パウル　ダメ
彼　君の「ダメ」は絶対当てにならない
パウル　そんなことないわ
彼　いつも思ったことを言わない、はっきり言わない
パウル　おしまい
彼　まだ切るなよ
パウル　切るわ
彼　僕をだめにするつもりだな、君はみじめな人生を送ってて僕はまともだから、僕は働いて

いるのに、君は職安をうろうろしてセックス&シティーを見てスペルマ飲んで一日中何してるんだか知らないけど。君は孤独で、空っぽで、空虚なんだ、さあ部屋に入れてよ、僕は今晩一人じゃ眠れない、ネットしながら朝まで過ごすのはイヤだ、ねえ、誰もいないし、いたとしてもそいつらのとこ行くの嫌だよ、ねえ、頭のおかしな連中と一晩過ごすのはいやなんだ、部屋に入れてくれよ

彼　もういい？

パウル　そういうつもりじゃなかった、ごめん、君が必要なんだ、僕は

彼　わかった、もういい。

パウル　入れてくれるの？

彼　もうおしまい、パウル、電話掛けて来ちゃダメ、ぶらっと来てもダメ、もう……別れたんだから。

（話し中のトーンが流れる。パウルはノートパソコンに向かってキーボードを打ち始める。）

老婦人／子供

（息子を探している老婦人と少年。空港。——少し前から二人は一緒に待ちぼうけている。）

老婦人　手を握ってくれる？
子供　おばあさんは誰を待ってるの？
老婦人　息子なのよ、たぶん今日ここにくるの、あなたは？
子供　パパ。
老婦人　息子は素敵なプレゼントを持ってきてくれるの。
子供　パパは持ってこないな、いつも忘れるんだ。
老婦人　もう帰りましょう、息子もパパも来ないわ。
子供　今日の空港は誰もいない、こんなさびしい空港見たことない。
老婦人　飛行機によく乗るの？
子供　金曜日に乗って月曜日に戻ってくるんだ。
老婦人　たぶんパパはお仕事の手が離せないのよ。
子供　たぶんね。
老婦人　タクシーが往生しているのかも。
子供　かもね。
老婦人　パパは何をしてるの？
子供　俳優、今晩は稽古がある、パパと一緒に仕事してる演出家がクリスマスイブにひとりでいたくないからだって……パパは台本が覚えられないから、僕がいつも試験するんだ――「そばにいて、抱きしめてくれ、ちょっとだけでいいから、それだけさ、それ以上は求めない、ここに横になって、お願いだから……動かないで……何も言わないで……言葉はいらない、ね……動かないで、横になって、それだけ」（笑う）。ねえ、一緒にやろうよ。さあ言って――「私たち、きちんとお付き合いしてないのよ」、次は僕の番、「安心して、何の意味もないから」（笑う）

ゲイロメオのデート

（パウルとゲイロメオ――パウルはある男の自宅に来る。）

ゲイロメオ　君か？
パウル　そうだ
ゲイロメオ　ふうん
パウル　そうだけど
ゲイロメオ　ほう
パウル　このまま帰っても……いいよ、もし君が……嫌なら、帰ってもいい
ゲイロメオ　いや、入れよ。
パウル　ほんと？

ゲイロメオ　いいよ
パウル　でも？
ゲイロメオ　入れよ。

（短い間）

Lって書いてたよね？
パウル　え？
ゲイロメオ　L？
パウル　ああ
ゲイロメオ　XLかい？　SLかい？
パウル　えっ？
ゲイロメオ　あとでがっかりしたくないんだ
パウル　キスは？
ゲイロメオ　待って
パウル　しないの？　書いてあったのに……
ゲイロメオ　「交渉次第」ってあったろ、「交渉次第」って――まだ交渉してないよ、まだだよ。
パウル　ああ
ゲイロメオ　帰ってくれ

パウル　ちょっと
ゲイロメオ　誰もいらないから
パウル　ちょっと待てよ
ゲイロメオ　僕はさみしくない、ちがうから
パウル　わかった
ゲイロメオ　何もする気ない
パウル　ああ
ゲイロメオ　わかった？
パウル　わかった
ゲイロメオ　何の意味もない、わかる、何の意味もないから。
パウル　ああ
ゲイロメオ　君ホントはいくつ？
パウル　え？
ゲイロメオ　おい、ネットと違うだろ、写真と全然違う、あれいつ撮ったの？
パウル　去年
ゲイロメオ　ふうん、何かあったの？……聞いてもいいよね？　その間、事故とか病気とか？
パウル　いいや
ゲイロメオ　何してる人？
パウル　僕？

ゲイロメオ　おい、誰のことだと思ってるの？　君だよ、君。
パウル　つまり
ゲイロメオ　一日何してるの？
パウル　朝起きてそれから……
ゲイロメオ　「スポーツマンタイプ」ってあったけど、ホント？
パウル　知り合ったらキスするタイプ？
ゲイロメオ　まだ知り合ってない
パウル　キスしないの？
ゲイロメオ　しない
パウル　「交渉次第」かと思った
ゲイロメオ　交渉はこれから、気が向いたらだけど、読んだだろ、僕はやりたくないことはやらないからね、わかるね、いい？
パウル　帰ろうか？
ゲイロメオ　いや、いいんだ……どうせ来たんだし、もう遅い、チェンジには遅いから
パウル　そんなことないだろう
ゲイロメオ　遅いって。ある時間からはおかしな奴しか来ない、お互いうつし合いたい病気持ちとか、奴らホント頭狂ってて、うつしあって保険金を受け取って施設に入ろうっていうんだ、家に一人でいるのがいやだからさ、そんなのと僕は関係ないからな、「寝る」気もない、五〇過ぎて欲求がなくなったら寝てもいい、そしたらうつされてもいい、もう体なんかいら

ないんだから、でも今は、ダメだ、今は……超一流だぞ、わかってるな、僕のは
パウル　写真で見た
ゲイロメオ　頑張ったんだ
パウル　だろうな
ゲイロメオ　すごいだろ
パウル　ああ
ゲイロメオ　ぶっちぎり
パウル　萌えるね
ゲイロメオ　そう、萌える、誰もが触っていいもんじゃない、価値がある、わかるね？
パウル　話が長いな、さっさと
ゲイロメオ　「さっさと」？　さっさとできない、さっさとなんか。ダメダメ、よそを探しな、ねぇ、僕はマイウェイだから、わかる？　さっさとなんかできない。「どちらかと言うとアクティヴ」ってあったよね
パウル　ああ
ゲイロメオ　どういう意味？
パウル　ええっと、「どちらかと言うとアクティヴ」って意味さ
ゲイロメオ　あとで後悔したくないんだよ、だから聞くんだけど、なんで「どちらかと言うと」って書いたの？　なんか優柔不断だろ、君はパッシヴでもあるわけ？
パウル　場合によるな

ゲイロメオ　「場合による」って、何？……何で場合によるわけ？　それって知っておかなきゃならないだろ？　後悔したくないのよ。
パウル　そうさ
ゲイロメオ　僕だけじゃなくて君もでしょ
パウル　ああ
ゲイロメオ　楽しみたいだけ、それだけだから。グチャグチャしたくない、わかる、もめごとお断り
パウル　ああ
ゲイロメオ　気晴らしだから、それだけだから
パウル　了解
ゲイロメオ　仕事あるし
パウル　ああ
ゲイロメオ　大変だし
パウル　わかった
ゲイロメオ　ストレスも多いし
パウル　ああ
ゲイロメオ　仕事大変だし、疲れるから、その後に何かしたくなるわけ
パウル　そうさ
ゲイロメオ　君、いったあとで、ベッドでくだらない人生を語りだしたり、吠えだしたり、そんなことになったら、せっかくのセックスぶち壊しなのよ。ベッドで語り合ったり泣きやまなか

ったり、イヤになるほど経験したから。もういいの、わかるね。グチャグチャしたくない、これはっきり言っとくからね、従ってもらうよ、始めるのはそれからだからね、いい？
パウル　えっ？　ああ、そうだね、もちろん
ゲイロメオ　聞いてるの？
パウル　え？　聞いてるよ
ゲイロメオ　何の意味もないから
パウル　ああ
ゲイロメオ　まったく何の意味もないからね、いい？
パウル　ああ
ゲイロメオ　わかってるの？
パウル　わかった
ゲイロメオ　あとで電話を掛けてこないこと
パウル　掛けない
ゲイロメオ　二度とここに来ないこと
パウル　来ない
ゲイロメオ　君のその眼つき……
パウル　何？
ゲイロメオ　不安が……眼つきに不安がある。笑って、ほら
パウル　あとで笑うよ

ゲイロメオ　誰にでも住所を教えるわけじゃないんだよ、わかる？
パウル　わかるよ
ゲイロメオ　普通教えないよ
パウル　ああ
ゲイロメオ　住所はけっして教えない
パウル　オーケー
ゲイロメオ　僕はさびしくない、一人でやっていける、いい？　僕は誰も必要じゃない、何も要らない、何も求めてない。だから希望欄に「なし」って書いた、つまり僕は、サイトの常連だけど、何も求めてない、わかる？　君のことだって必要じゃない。
パウル　触ってもいい？
ゲイロメオ　まだダメ
パウル　キスは？
ゲイロメオ　まず見せて、じゃ……シャツを脱いで。
パウル　脱がしてくれないの？
ゲイロメオ　黙って、やめたっていいんだよ

（パウルはシャツを脱ぐ。）
（ゲイロメオはじっと見て、正確に観察する。その間何も言わない。）

パウル　で？
ゲイロメオ　まだだ……ねぇ……残りも……残りも脱いでよ。
パウル　ここで？
ゲイロメオ　ほかにどこがある、ここ、ここしかないだろ。
パウル　わかった
ゲイロメオ　さあ
パウル　すぐ脱ぐよ

（間）

少し寒いな

ゲイロメオ　さあ
（パウルはゆっくりと脱ぐ、ゲイロメオはパウルをじっと見る、パウルは裸で立ち、ゲイロメオはパウルをじっくり鑑定する。）

そこに立って

パウル　ここ？
ゲイロメオ　ああ、いや……そこじゃなくて……向こうだ、そう

パウル　ここ？
ゲイロメオ　ちょっと（間。パウルを見る。）君、ホントはいくつ？
パウル　え？
ゲイロメオ　まぁ、二六ってあったけど、違うだろ。
パウル　ほんとだよ
ゲイロメオ　ふうん
パウル　ウソじゃない
ゲイロメオ　（皮肉に）「心から」
パウル　ほんとに
ゲイロメオ　忘れな、そんな言葉、何の意味もないから（パウルを見つめる）。

傷ついた青春／舞台稽古

（女は食事を取りに行き、鮨を持って戻ってくる。）

少年　「スシか、ひどいな、まともなものはなかったの？」
女　「どこかに昔のレコードない？　今のあんたたち、みじめで見てられないわ。」

少年「みじめな上に攻撃的で狂ってる」
女「退散するわ、田舎にいくの」
男「植木の世話をするんだろ」
女「（攻撃的に）私たちのどちらかが剪定鋏を持ったら、気をつけなさいよ」
少年「（いらいらしながらスシをつつき回す。）スシって、ツナミの犠牲者のなれの果てだって知ってた？　たまには新聞読めよ……海に沈んだ二五万人の犠牲者たちは魚に食われる、食った魚はスシネタになる、ほら、ここにこうして現れる」
女「黙って食べて。」
少年「（スシからネタを取り、ライスだけを食べる。）ボートピープル、難民、豪華ヨットから飛び降りたうつ病の大金持ち、海底油田採掘所から落ちた労働者、溺死者、タンカーから捨てられた汚物、飛行機から海に捨てられた廃棄物、不幸な事故の犠牲者……みんな魚に食われるんだ、スシネタの魚に食われるんだ、俺は食わない、食わないからな、ヨーロッパに亡命しようとして溺れたアフリカ人、こんなもの買ってくる前に新聞読めよ（暖房を蹴る。）暖かくなれ、寒いじゃないか！」
女「ああ、ここから生きて出られるのかしら？」

ゲイロメオ　やめよう。
パウル　え？
ゲイロメオ　やめよう。
パウル　なんで？
ゲイロメオ　ダメだ……あのさ……
パウル　何が不満なの？
ゲイロメオ　写真、写真と全然ちがう、悪いけど、ダメ。
パウル　おい、そりゃないだろう、こんなこと滅多にやらない、ちょっと待て。
ゲイロメオ　ダメ。
パウル　待てよ！
ゲイロメオ　ダメ。帰れよ、いいな。
パウル　外は寒いんだ、待て、待てよ、ちょっとだけ、もう遅いだろ（笑う）たつから手伝えよ。
ゲイロメオ　勝手にやってろ。
パウル　それはないだろ。
ゲイロメオ　うるさい。
パウル　ほら。
ゲイロメオ　ダメだ。
パウル　ほらもう少しだ、すぐだ。
ゲイロメオ　ねえ、僕はマッチョなファッカーが好みなの、ＸＸＬのりりしさ、スポーツマンタイプってあったのに、実物は全然ダメ、おじさん自分でしごいてなよ、それでどうしろって言うの（パウルの体を指す）その体で（パウルの体を指す）やる気なの、僕がアメリカドルなら、あんたはポーランド・ズロチかバングラデシュの、なんだっけ、難民キャンプで救援物資待っている国のお金ぐらい違うの、あんたの体、何それ、えっ？　あんたは最貧国、僕は先進国、さあ帰って、帰って、難民キャンプで寝なさい、ここはもうおしまい、おしっこして寝なさい

パウル　君は僕の友達だ。

（ゲイロメオは笑う。）

今から君は僕の友達だ、僕は友達が必要だから。

ゲイロメオ　よしてくれ

パウル　（歌う）Schneeflöckchen, Weißröckchen, wann kommst du geschneit?(15)

ゲイロメオ　帰ってくれ、変人。

パウル　Du wohnst in den Wolken, dein Weg ist so.(16) どうして愛してくれないの⁉

ゲイロメオ　やめてくれ。

パウル　僕たち友達だろう？　守ってあげる、心配いらない。でも僕以外の友達を持ったりしたら許さないからね、それはダメだ、ダメ、絶対にダメ……君が僕を捨てるなんて、ダメ。僕はここにいるよ、君のそばに、夜が明けたら一緒に食事に行こう、散歩しよう

ゲイロメオ　悪いけど君は僕のタイプじゃないから、そういうのは好きな人とじゃないと
パウル　ダメ……それじゃ君の好きな人になる、頑張るから、ね……まず知り合わなくちゃ、一緒に時を過ごそう、そしたら君のタイプになるよ。だって君は僕のこと全然知らないだろ、それじゃ僕のこと愛せないよ。まず一緒に夜を過ごそう。
ゲイロメオ　わかった、お願いだから、今日のことは忘れ……

（鈍い一撃。ゲイロメオは床に倒れる。）

ラジオのスタジオ
パーソナリティー一　またひとり追加。これで死者は何人になった？
パーソナリティー二　わからない、数えるのやめたから

老婦人／子供

（老婦人と子供が人影のないアパートの一室にいる。二人は音楽を掛ける――マリアンヌ・フェイス

フルの『ゼア・イズ・ア・ゴースト』。パウルが彼に贈った曲。）

レコードプレーヤー　When you remember who I am just call
　When you remember who I am just call
　When you remember who I am just call
　When you remember who I am

電話をかける女

（ひとりの女性がテーブルクロスの掛かったテーブルに一人で座っている。どこか隅の方に心のバランスを失った子供がいて、クリスマスツリーの下で無感動にプラスチック玩具で遊んでいる。）

電話をかける女　もしもし
　あなた
　私
　私
　ごめんなさい

ええ、彼、ちょっとの間いたんだけど
一〇分くらいで帰ったわ
わからない
わからないわ
知らないもの
ショートメールはくれたわ
「君が他人になってしまって残念だ」って

（笑う）

来れる？
食べるものもあるし、息子が食べなかったの
ダメ？
そう、遠いものね
息子には抗うつ剤を飲ませたから
もう泣かないわ

（笑う）

静かなもんよ
ゆっくりしたいわ、少しでも
何？
ねえ来れない？　ちょっとだけそばにいて、ちょっとだけ。何の意味も

（電話が切れる）

そう、遠いものね
ラジオで聞いたんだけど
二八九人も今晩死んだんだって
外は凍って滑りやすいし
雪もやみそうにないわね
窓から見ると、アルプスにいるみたい
高層ビルの山、雪で真白

老婦人／子供

（バックにマリアンヌ・フェイスフルの『ゼア・イズ・ア・ゴースト』が流れる。）

老婦人　「ちょっとだけそばにいて」
子供　「どうした？」
老婦人　「お願い」
子供　「僕たちきちんと付き合ってないだろ」
老婦人　「そうね」
子供　「もう一度一緒になるわけにはいかないんだ」
老婦人　「ええ」
子供　「どうした？」
老婦人　「強く抱いて」
子供　「いけないよ」
老婦人　「お願い」
子供　「わかった、でも……何の意味もないから」
老婦人　「大丈夫、安心して」
子供　「約束だよ、さあ、約束」
老婦人　「何の意味もない、そう、何の意味も。」
子供　「うん」。飛行機じゃ一人きり、他には誰も乗ってなかった。パイロットとスチュワーデスさんしかいなくて、遊んでくれるって言うんだけど、断っちゃった、飛行機じゃ静かにしていたいんだ。

老婦人　パパのこと好き？

子供　パパのことはよくわからない。

老婦人　ふうん。

子供　でも……パパなりに頑張ってはいるよ。

老婦人　あなたのこと忘れちゃうんでしょ。

子供　しょうがないんだ……ほんとうに大事なことがあるから、そのときだけ忘れちゃう、いつもは来てくれるよ。

老婦人　多分、あなたのこと好きじゃないのよ。そうじゃないかしら？　多分パパのお気に入りじゃないのかもね。

子供　パパ？

老婦人　もう来ないわよ、帰りましょう。

子供　「でも何の意味もないから」

老婦人　え？

子供　「何の意味もない」

男／精神科医

男　感じない、僕は……出て行かないぞ、僕は……僕は生きていない
精神科医　電話をかけてみなさい。誰でもいいから
男　誰も掛ける相手がいないんです
精神科医　そんなことないでしょう
男　ああああああ
精神科医　あああああああ
男　どうしたんです？
精神科医　あなたの真似です、こんなことでももしかして効くかもと思って
男　お願いです、ここに居させてください。ここで横になるだけ……横になるだけで何もしません、寝てるだけ……息をするだけ、それだけです……息するだけ、暖房切ってもかまいません、電気消してもいいです……外で何を探せって言うんです？　外には何もない、病人とケガ人だけ、そんなところイヤです、町中が死体だらけで、誰も片付けないなんて。
精神科医　あれは皆死んでるんじゃないんです、死体に見えるだけですから、落ち着いて話しかけてご覧なさい、本当です、ちゃんと答えてくれますよ……たいていきっと。

ゲイロメオのデート

パウル　どうだ、もうしゃべれないだろ。すっかり静かになったな、見てろ……愛せるんだぞ、俺

は、いいか……チャンスをくれ、愛してみせるから、愛したいんだ、俺は、わかるか……愛はひとつになることだ、他人は自分の一部になる、そうすりゃもう孤独じゃない……お前は俺の一部になる。俺たちは……ひとつになる……お前と俺……そばにいてやるよ……

ゲイロメオ　変態、狂ってる。

パウル　（ロメオを何度か殴る、次に頭を何度も殴る、それからとても優しく、落ち着いて、ほとんど即物的に言う）お前はメチャクチャにされたがってる、プロフィールに書いたよな、奴隷志願。書いたよな？

ゲイロメオ　（力なく）ああ

パウル　満足させてやるよ。

ゲイロメオ　ああ

パウル　望みどおりになるぞ、違うか？　欲しいものが手に入ったじゃないか……誰もが願いを叶えるクリスマスだからな。

ゲイロメオ　頼む

パウル　頼む？　まだ願いがあるのか？

ゲイロメオ　頼むからもうやめてくれ

パウル　ダメだ

ゲイロメオ　頼む

パウル　じゃあ、言え。（間。縛られたロメオに向かって話す。）キスして。（ロメオにキスする。）僕にやさしく触って、ねえ、一緒に寝て、僕のためにそこにいて――僕を愛して――君が必要なんだ。だからそばにいて――ほら、望みのものは手に入って幸せだろう。僕を愛してる？ 友達でしょ？ 僕のそばにいてね、ほどいてあげてもそばにいてね……今夜は一人でいたくないんだ、わかるよね？ わからない？ わからないのか？（ロメオを殴る。）そんなに難しいか、簡単だろう――何か欲しけりゃ自分から差し出すんだ、今の君みたいにね、そうすれば簡単に捨てられない、そばに置いてもらえる、簡単な理屈だろ。（間。ロメオを愛撫する。）僕と一体になったかなぁ？ 僕の目を通して世界を見ているかなぁ？ 何か歌ってくれ、さあ、歌えよ、Schneeflöckchen, Weißröckchenさぁ

ゲイロメオ Schneeflöckchen, Weißröckchen, wann kommst du geschneit, du wohnst in den Wolken, dein Weg ist so weit.(17)（歌いながら、血の混じった唾を吐く。）

（うつ病の施設に住む老人たちの一団が、Schneeflöckchen, Weißröckchenを歌う……ネット少年と縛られた男がセックスするが、うまくいかず、途中でやめて、床に横たわる。ネット少年は縛られた男を自分の上に被せると、男を腕に抱き、まるで友達のように男と床に横になる。）

クリスマスの物語。老婦人／子供

老婦人　ねえ、クリスマスのお話、他に何か知ってる？
子供　知らない。
老婦人　雪の中を歩き続けて、人々を救ってくださる方を探すお話はどうかしら？
子供　プレゼントを持って探すんだよね。
老婦人　王様たちは全世界を救ってくださる子供にプレゼントを持ってきました。
子供　その子を信じる人は、愛を見つけるんだ。
老婦人　しかしパパはその子を置き去りにしました、ね？
子供　その子のパパ？
老婦人　世界を救ってくださる子供のパパ。
子供　そうだったね、パパは忘れたの？　置き去りにしたの？
老婦人　置き去りにしたの
子供　息子を置き去りにしたのは……どんなに息子を愛しているかを教えるためでした。
老婦人　どんなにパパが人々を深く愛しているかを示すためでした。
子供　パパは人々を深く愛していました、その通りです……息子を十字架で磔にさせて……血だらけにして……息子は痛くて悲鳴を上げました……親友に裏切られたのです……でも誰も助けてくれませんでした。
老婦人　パパは息子の血が流れるのをじっと見ていました。
子供　うまやの話があったよ。
老婦人　そう、赤ん坊はうまやに置かれて凍え死にました。

老婦人　王様はたくさんの赤ん坊を皆殺しにしました。

子供　そうだったわね、ヘロデ王の怒りがクリスマスイブの町を荒れ狂い、家来が一軒一軒探しまわって、道路の側溝や車道の脇、路面電車の安全地帯や子供部屋、クリスマスツリーの下など、到る所赤ん坊の死体でいっぱいになりました。ヘロデ王は赤ん坊が大嫌いでした。というのも赤ん坊が将来自分を脅かすかもしれないと思って怖かったのです。

老婦人　うまやの赤ん坊が世界を救う子供じゃないかと恐れたんだ。

子供　うまやの赤ん坊は愛そのものだったからよ。

老婦人　ヘロデ王と家来たちは愛が欲しくありませんでした。

子供　だからすべての赤ん坊を殺しました。

老婦人　その赤ん坊も……うまやで凍え死ぬんだっけ？

子供　そうだったと思うけど。

凍え死ぬ前に三人の男が現れて、その子を救うんだよ。三人の聖者だよ。現われて何かしたんだよ。

老婦人　羊たちは？　思い出したわ、たくさんの羊がうまやのわきに立つのよ。小さなプラスチックの羊たちと三人の聖者がうまやのわきに立つの

子供　羊たちの心臓はゆっくりと燃えてゆきました。

老婦人　ゆっくりと燃える心臓のおかげで、あたりは暖かくなりました。

子供　ちょうど零度まで暖かくなりました。おかげでその子供の命は凍る一歩手前で助かり、地上にはかろうじて愛が残りました、ちょうど半分の愛だけ……でも何の意味もなかったの

老婦人　です。冬になり、クリスマスが来ると、愛は消え去り、子供は凍え死にました。ヘロデ王の怒りは町中を荒れ狂い、人々は到る所で凍てついた川に飛び込みました、車は側溝に落ち、デパートの窓から放り出された家族は真っさかさまに落ちて地面に投げ出されます……明日交換するはずだったプレゼントはバラバラになり……血が出尽くして空っぽになった体が凍り、狂う（笑う）。横たわって叫ぶ、ただ叫ぶ、まだ完全にゴミになっていないぞと言うために叫ぶ、車道の脇に放り出された死体と自分はちがうぞと言うために叫び出すのです（叫ぶ）。ああああ、あああああ、あああああ。どうしてあなたのパパは迎えに来ないの？

子供　来たくないんだよ。ときどきパパとママはどっちが迎えに行くかで喧嘩するんだ、喧嘩しだすと止まらない……どっちもゆずらないものだから……どっちかがゆずって迎えに行くまでずっとそのままなんだ。三時間も四時間も待たされることもある、迎えに来ないことだってあるんだよ。

傷ついた青春／舞台稽古

少年　「夜は終わらない」

女　「夜は心臓の中で固く凍りつく」

少年　「僕には心臓なんかない、とっくに捨てた」

男　「薪を集めに行こう、凍えそうだよ」
女　「どんどん寒くなるわ」
男　「薪を集めるんだ、来年は暖かくなるさ」
女　（少年がいやそうにスシをつまんだのを真似て、レコードを手に取る）「ジャスティン・ティンバーレイク？　何これ？」

少年　「あの子が置いてったんだろう」
男　（スシを食べながら）「いや、うまいよ、ツナミの犠牲者……うん、いける……コンドリーザ・ライス国務長官がツナミはアメリカ経済の活力だって言ったんだって。ア・グッド・デイ・フォー・アメリカン・エコノミー。わざわざ出掛けて行って皆殺しにする代わりに、今回は自然がやってくれたんだから。アメリカ政府は何時間も前にツナミの情報をキャッチしてたけど、情報を流さなかったそうだ。どこに情報を流したらいいかわからなかったんだってさ。」

女　（少年が取り除けた魚を食べる。）「ネットフォーラムにでも書いてあったの？」
男　「二五万人が死んで、そのほとんどがイスラム教徒だったんだ。さあこれから復興するから、ちゃんと仕事が舞い込んでアメリカはボロ儲けだよ。」

女　「それはないんじゃない。」
少年　「君一人でイスラムを食え、俺はライスを食う、ほら、イスラムを食え。」**キリストはイスラム教徒を食わない。**

女　「地下鉄が空を飛んだとか、あんたが突然消えたとか、デタラメはいい加減にして。普通

男　の新聞、読みなさいよ！　テレビのニュースだってネットの眠たいページよりはましよ。」（前の台詞にかぶせて）「でも、でも、でも……興味ないよ、俺には関係ないさ、ジャスティン・ティンバーレイクのボーイバンド世代なら自分たちで解決しようとするんだろうけど、あいつらがどんな世界に生きたいのか俺にはどうでもいいのさ、それより、ああああ、ああああああ、ああああああ、俺は叫ぶ、わけもなく、ただ叫ぶ、そのほうが楽しいし、生きてる感じがする、ああああああ、ああああああ、ああああああ、パワーを感じる、なけなしのパワー、俺のカウンセラーは、放電し過ぎると、電池が空になるわよって言うけど、っなわけねえだろ、気持ちいいぜ、ああああああ、ああああああ、ああああああ」

少年　（一緒に）「ああああああ、ああああああ、ああああああ」

女　（一緒に）「ああああああ、ああああああ、ああああああ」（レコードの山をかき回す。）「どっかにあるはず、待ってて、絶対あるはず、あった、あった、これ、これよ、私が買ったの」

（ニルヴァーナの『スメルズ・ライク・ティーン・スピリット』を手に取り、プレーヤーに掛ける、三人は音楽に合わせて激しく踊るが、それはあたかも自分たちの体には過去のものとなってしまった時を思い出すかのようである、少年は本棚をひっくり返し、散らかった本を積み上げて山をつくり、その山からマットレスへステージ・ダイヴィングのように飛び込む、行動はどんどんエスカレートする、ついに疲れて倒れるまで叫び続ける。）

三人　「ああああああ、ああああああ、ああああああ」

（少年は暖房を踏みつけ、椅子を壊し、椅子の足を薪のように積み重ね、マッチで火をつけようとするが、火はつかない。）

少年　「すぐ暖かくなるよ。」

（少年は何度も火をつける、女は音楽をとめて窓から外を見る、男は疲れてベッドに横になる、しばらく三人の上を静かに時間が流れる、キャンプファイアーのように火が燃え出す。）

女　「ここで眠れ、二人ともここで眠れ」、今日はクリスマス、僕の誕生日だ、誕生日にイエスを一人で放っとくのかい
「勝手にしたら（窓から外を見る）。ほら、あの男……家が包囲されている……私の結婚もああなるのね、残りの人生が見える気がする……家具を運び出して……全部一列に並べて……倉庫にしまうの」

少年　イエスは愛を望んでいる

男　イエスなんかクソ食らえ、愛は施すものだ、欲しがってばかりじゃダメだ

女　「誰か私を迎えに来て……運び出して……」

少年　今夜一人で寝たくない、今夜はイヤだ

男　「薪を集めろ、早く、寒い、俺の心臓が……早く……時間が過ぎてゆく……」

女　「ああ、私は行きたくない、あの、あの……結婚の牢獄へ。」
男　「ここにいろ」
女　「結婚の牢獄で死ぬまで管理されるの、助けて」

（短い間）

少年　「あああ」

（短い間）

「でもほかにどこに行けというの」
「静かに」

（舞台に雪が降る。）

女　凍えるわね。この瞬間。静止、ほんの一瞬の、それから
少年　しまった
男　何だよ？
少年　大変だ

女　何よ？
少年　何時だ、今？
女　そろそろ一一時。
少年　息子が。
男　息子？
少年　ああ、シュテファンが……ごめん、空港に行かなきゃ、息子が待っている……なんで誰も時間を言ってくれないんだ。
男　おいおい、下手な言い訳よせよ、稽古中だぞ。
少年　息子を迎えに行かなきゃいけない。
男　そんな見え透いた言い訳。
少年　違う、本当だ。
男　なあ、息子さん、もう少しぐらい待てるだろう、一一才なんだから。さあ、もう一回やろう、その後皆にプレゼントがあるんだ。
少年　ダメだ。集中が切れた。
女　昨日は夜中も大丈夫だったくせに。
少年　なあ、俺の後を追いかけてトイレまで来るな、何なんだよ？
女　私が？
少年　気づかないと思ってるのか？
女　誰かが見張ってなきゃいけないでしょ。

男　さあ、みんな（コカインの小さな包みを掲げる）。
少年　おい、冗談よしてくれ。俺は一児の父親なんだ、やらないよ。
女　ポーラに言われたのね。
少年　おまえいつも男トイレで何やってるんだ？
男　静かに！　初日まで二日なんだ。稽古を続けよう。まだやってないところをやろう。
少年　なあ、息子を迎えに行かなきゃいけない。
男　なあ、息子はもう大きいんだろ、俺たちには仕事があるんだ。
少年　今からどこをやるって言うんだ？
男　それだよ、問題は。
女　パウルはどこ、なんでいないのよ？　いったいどこなの？
男　この先どうなるんだ？
少年　そうだ、どうなるんだ！　ここで終わりだ、俺の台詞はここまでだ。
男　パウルが言うには……役の論理に基づいて、そのー、最後まで……生きてくれって。
女　ちょっと雪降らすのやめてくれない？　気が狂いそう。
男　雪を止めてくれ。
少年　（配電盤を操作する）止まらないよ。
女　何で？
少年　雪が止まらない。

（突然音がして、ライトが消える。）

女　やめて、気が狂う。

（何かが壊れる音、少年が倒れたような物音がする。）

少年　（痛くて悲鳴を上げる）あぅ、うう、親指をやっちまった。

女　笑い話ね。

少年　畜生、なんだって、こんなに、痛いんだ、うう。

女　じゃあ、私帰るわ。

男　残るんだ。

女　**パウルに電話して。**

男　回線がダウンしてる。

女　そんな嘘ついたってダメ。

男　回線はダウン、雪も止まらない。

少年　ドアも開かない。鍵が凍りついた。

女　イブなのよ、クリスマスイブなんだから、神聖な体験がしたいの、何でもいいから

（何かが落ちる）

少年　俺、空港に行く。
男　どうやって？
少年　あぅ、なんだってこんなに痛いんだ。
女　（ろうそくを点ける。）ねえ、見て……明るくて暖かいわ。（彼女は少年にもろうそくを一本手渡す。）あなたに明かりとぬくもりをあげても、私は何も失わない、持てる全てをあげても、失うものは何もない。（女は自分のろうそくの火で少年のろうそくに火を点ける。）見て……ほら、増えたわ……これが愛よ……あなたにあげても、私の光は消えない。どんどん増えるの。二倍に強くなる。
少年　完全に狂ったか。
女　（歌う）「きよしこのよる　星はひかり　すくいのみ子は　まぶねの中に　ねむりたもういとやすく」
少年　暖房も壊れた。
男　さあ、しっかりするんだ、パウルはきっとすぐ来るさ、この先を書いて俺たちをここから連れ出してくれるよ、そうしたらパーティーにしよう、素敵な夜になるぞ、パウルは素晴らしいエンディングを書いてくれる、俺は信じているよ、愛と雪とすべてのこもったエンディング。さあ、歌うのはやめて、ええと、そうだな、そこに立って
少年　（ろうそくを落とす）何も見えない。
女　イエスは死んでない。死んだけど、再び起き上がったの。

少年　起き上がったんじゃなくて「復活した」んだ。
男　さあ静かに！　きっとうまくいくさ。

（何かが壊れる。）

稽古を再開する、じゃあ、いいか？「今夜一人で寝たくない、今夜はイヤだ」

母と息子の電話

（パウルはゲイロメオの死体を腕に抱えている。）

老婦人　どうして電話くれなかったの？
パウル　掛けられなかったんだ、言ったろ、ママ。
老婦人　でもクリスマスなのよ。
パウル　ねぇ、時間がないんだ。
老婦人　いったい何してるの？
パウル　働いてるよ。

老婦人　何の仕事？
パウル　ああ。
老婦人　ああって？
パウル　言えないんだ。
老婦人　体は大丈夫？
パウル　まあ、大丈夫だよ。
老婦人　世間じゃ家族で集まって祝ってるのよ。
パウル　うるさいな、切るよ。
老婦人　ひとりなの、どこにいるの？
パウル　（短い間）ああ
老婦人　友達とかいないの？
パウル　切るよ。
老婦人　どうしてるの？
パウル　仕事してる、言ったろ……仕事だよ、仕事、仕事、ああああああ
老婦人　ならいいわ、仕事ならしょうがないわね
パウル　切るよ。
老婦人　待って。
パウル　切る。

（間）

老婦人　パウル？

パウル　何？

老婦人　大丈夫ね？

パウル　何が？

老婦人　大丈夫なのね？

（間）

パウル　知らないよ。（間）僕に会いたい？

老婦人　会いたいわ

パウル　ほんと？

老婦人　もちろんよ。

パウル　空港にクリニックがあるんだ、救護室を兼ねてるんだけど、すごく親切で、疲れて横になってると、お茶も出るし、ビタミン注射もただでしてくれるんだ、なんか楽しそうでさ……そこで会おうか、親切な人ばかりだし……すぐ知り合いもできるよ……じゃあそこで二、三時間したら……（ロメオの死体を見る。）プレゼントもあるし。

夢のクリニック

（クリニックの診察室。電話を通しての会話。精神科医の診察室から出てきた男が、夢のクリニックの患者になる。）

医長　もう今日はどうなってるの、あちこちから死体やケガ人が運びこまれて……一日中、休憩も取れないわ、待合室は患者の家族でいっぱいだし……聞こえる？　あの悲鳴？……聞こえる？……歌ってるのもいれば、叫んでるのもいるのよ……皆死体の間に横たわってて、死体って凍死体なのよ……

精神科医　ちがうよ、死体に見えるだけで、全部生きているんだ。こっちにも来てるけど、全然動かない、でも……まだ生きてるんだ。

医長　狂った年寄りが突然茂みから飛び出してくるのよ、老人ホームを脱走して救急車の前に飛び出てくるの、優秀な救急隊員を事故で失ってしまったわ、ケガ人がタクシーや犬ぞりで運ばれてくる……それに、ゴミ袋を引きずってくる人が絶えないの、中を見るの怖いから、玄関先に並べてあるけど……雪の中に寝かされた人間が……笑うのよ……寝たまま笑っている、言ってること、わかる？

精神科医　薬のせいだよ、笑うしか出来ないんだ。ところで……悪いけど、僕

医長　ちょっと待って。いいですか、言いましたよね、あなたは病気じゃありません。何の問題もないんです。
患者　ベッドに寝かせてくれ、耐えられない、寝かせてくれ。
医長　今日は三度も診ましたよね、それで大丈夫だったんですから。
患者　痛むんだ。
医長　ええ、痛いでしょう、階段から転げ落ちたんですから。痛み止めを処方したんですよ、飲まなきゃいけません、わかります？　飲まなきゃ痛みはひきませんよ。
患者　耐えられない、どこでもいいから寝かせてくれ。
医長　ベッドは満員です、すみませんが。
患者　頼む
医長　（再び電話口で）待っててね、ちょっとかかるから。
精神科医　僕を捨てるんだろ？
医長　何ですって？
精神科医　不倫してないか？
医長　え？　私が？
患者　痛むんだ。
医長　この患者を放り出して。
看護士一　出てけ。

（患者は医長にしがみつく。）

精神科医　もう少しいいか？

医長　何よ？

精神科医　不倫してるとき、僕のこと考える？

医長　出て行きなさい。

患者　イヤだ。

精神科医　たまには考えるだろ？

医長　さっさと出て行きなさい。

看護士二　出て行け、何ともないんだから。

患者　**出て行かない、**死体のわきに寝てろ、ここには死体だらけだ

看護士一　死体のわきに寝てろ、ここには場所がないんだ。

精神科医　不倫やめてくれ、番号交換しないでくれ、僕たち一緒だろう？

患者　**助けてくれ、助けてくれ、助けてくれ**

精神科医　どうした？

医長　患者が助けを求めてずっと叫んでいるの、何ともないのに、叫んで叫んで叫んで叫んで、町中のいかれたのがここにいるわ、家でパーティーしてる人なんか誰もいないんじゃない？

精神科医　薬の量を増やすんだ。リポツェントランがいいだろう。笑って歌いだすよ、ツリーの下の

　子供みたいに。
医長　とっておいたのはヤク中患者に全部渡しちゃったわ。そっちのを届けてくれない？
患者　もう何も見えない。パパ？　迎えに来てよ。（叫ぶ）あああ、ああああ、あああ
精神科医　僕たち一緒だろう？
医長　ねぇ、今ちょっと……
看護士一　死体は入り口に放っておきますか、それともどこかに引きずっていきますか？
医長　あれは死体じゃないの、薬を飲み過ぎただけ。パーティーが終わればまた目を覚ますわ。
　まだ毛布ある？
精神科医　言ってくれ。
医長　何よ？
精神科医　言ってくれ、頼む。
医長　いったい何？
精神科医　僕を愛しているって。
医長　ちょっと、人が死んでいるのよ。
精神科医　言ってくれ。
看護士二　暖房が切れました。
老婦人　息子を見ませんでしたか？　ここで私を待ってるはずなんです、約束してくれたんです、
　プレゼントを渡したいって。
子供と患者　（同時に）パパ？

精神科医　頼むから言ってくれよ、もう耐えられない、頼む、ねえ、言ってくれ、頼む。
医長　あなた、クスリでもやったの？
患者　動けない。
医長　この患者を放り出して、何ともないのよ。
女　（患者に向かって）あなたに明かりとぬくもりをあげても、私は何も失わない、持てる全てをあげても、失うものは何もない。見て……ほら、増えたわ……これが愛よ……あなたにあげても、私の光は消えない。どんどん増えるの。二倍に強くなる。
少年　（トーク・トークを掛ける）素晴らしい……これを書いた男は自分で病院に閉じこもったんだって、この世にいたくなかったんだよ、すべての善き人々は不在を望む

夢のクリニックの個室にいる子供と老婦人

（ふたりは服を脱ぐ。疲れて、ベッドに腰をかける。）

子供　おばあさんは僕のことがわからない
老婦人　そうね
子供　わかろうともしない

老婦人　そうね
子供　どうして？
老婦人　わからないわ、うまく言えないし
子供　ほら
老婦人　何？
子供　自分で認めたでしょ。
老婦人　そうね、その通りね、おばあさんはあなたのことがわからない、あなたもおばあさんのことはわからない、私たちはお互いにわからない。
子供　この町は悪夢だよ。
老婦人　手を握って。
子供　でも何の意味もないから
老婦人　そうね
子供　約束したね？
老婦人　したわ
子供　手を握ったら帰るんだよ
老婦人　はい
子供　もう電話しないこと。
老婦人　しないわ。
子供　約束だよ。

老婦人　そうね。
子供　うん。
老婦人　ねえ、キスして、それから……抱きしめて、ほんの少しでいいから
子供　（短い間）僕たちは何だって出来る、でも何の意味もない。

（子供は老婦人を腕に抱く、静寂。）
（心のバランスを崩した人々が、調子のはずれたクリスマスの歌を歌う。雪が降る……）
（静寂）

終わり

注

（1）登場人物が歌う『きよしこの夜』の歌詞は、原文ではそれぞれ少しずつ異なっている。以下にイタリック体で該当箇所を示すが、本訳書では良く知られている讃美歌一〇九番（日本基督教団讃美歌委員会編、一九五四年発行）を用い、これらの違いを訳し分けることはしなかった。

Stille Nacht, Heilige Nacht!
Alles schläft, einsam wacht,
Nur das traute, hochheilige Paar,
Holder Knabe im lockigen Haar,
Schlaf in himmlischer Ruh,
Schlaf in himmlischer Ruh,（通例歌われる『きよしこの夜』のドイツ語歌詞）

Stille Nacht, Heilige Nacht,
Alles schläft, *niemand* wacht,（病院の不安定な老婦人、九頁、一〇頁）

Stille Nacht, Heilige Nacht,
Alles schläft, *niemand* wacht,（「空港の託児所」の保母補、三九頁）

Stille Nacht, Heilige Nacht,

Alles schläft, einsam wacht,
Nur das *hohe*, hochheilige Paar,
Holder Knabe *mit* lockigem Haar,
Schläft in himmlischer Ruh,
Schläft in himmlischer Ruh,　（「傷ついた青春／舞台稽古」の女、一二八頁）

（2）交感神経のアドレナリン受容体のうちβ受容体のみ遮断する薬。不整脈などの循環器疾患に用いられる。

（3）野外で開かれるトランス・テクノのレイブ・パーティー。インドのゴアが有名。

（4）ニューヨークを舞台に、三〇代の独身キャリアウーマンの生活をユーモラスに描いたアメリカのＴＶ番組。

（5）クリスマスに歌われる子供の歌――Schneeflöckchen, Weißröckchen, wann kommst du geschneit, du wohnst in den Wolken, dein Weg ist so weit.（雪片よ、白い小さなスカートよ、いつ舞い落ちる、雲間に住むおまえ、おまえの道はとても遠い）。

（6）この舞台稽古は、ファルク・リヒターの自作『傷ついた青春』（Theater Theater Aktuelle Stücke 16, Fischer 2006所収）を台本に用いている。原文に「　」はないが、本訳書では『傷ついた青春』と同一の台詞に「　」を付けて、稽古台本の台詞を示した。

（7）ゲーム系のＴＶ番組。

（8）子供向けテレビチャンネル。

（9）性器のこと。

（10）八〇年代から九〇年代にかけて活躍したイギリスのアートロック系グループ。

(11) 注5参照。
(12) ベルリンの南東からザクセン地方にかけての地域。
(13) ベルリンの中心地区。
(14) チェーホフ作『三人姉妹』より、イリーナの台詞。
(15) 注5参照。
(16) 注5参照。
(17) 注5参照。

氷の下

Unter Eis

村瀬民子／新野守広訳

登場人物

パウル・ニーマント(1)

　四〇歳から五〇歳くらいのコンサルタント

カール・ゾンネンシャイン

　三五歳くらいのコンサルタント

アウレリウス・グラーゼナップ

　二八歳くらいのコンサルタント

子ども

　九歳から一三歳くらいの男の子

場所
どこにでもある広い会議場。登場人物たちは、記者会見かスタッフミーティングのように、横長の大きな机に座わり、机の上のマイクに向かっている。この人物たちは皆、まるでこの会議場で生活しており、ここから出てゆくことはなく、会議場に永久に備え付けられているようにみえる。

第一場

パウル・ニーマント——遠い果てには空が

パウル・ニーマント

遠い果てには空が広がり、地平線にぶつかっていた。
私はここにいた、頭がものすごく重かった。
荒野が広がっていた。
私は走りはじめた。
走った、走った。
遠い果てまで走って、地平線にぶつかろうと思った。
分子の海を泳ごうと思った。
行く手よ、二つに裂け、私のための道よ、開けよ。

私は太陽に向かって大声で叫んだ。

しかし太陽は私の声に耳を傾けなかった。
太陽は私の声に耳を傾けなかった。
世界は沈黙していた。
世界は、私がいることにすら気づいていなかった。

いや、私はそこにいた、存在したのだ、そうだろう？

太陽の下、私は小さな少年で、
千の声を使って話した、
なぜなら、誰も一緒にいてくれなかったから、
誰も一緒に遊んでくれなかった。
生き延びるために**私**は、必要なすべての人間を兼ねた。
もはや一人っきりではなく、世界のすべてであり、必要なすべてになった、
私は自分に話しかけ、自分と喧嘩し、
すべての人間になり、すべての思考になった、
私はすべてだった！

次々に離陸し着陸する飛行機の機体が、家の背後に見える――
滑走路、
昼だろうが、夜だろうが、
昼だろうが、夜だろうが、轟音。
家全体が震えた、
家の中はどこもかしこも暗く、
濃い色の木目の床に、
暗い壁、光が差し込まない、
台所と居間のあいだの配膳口に電子レンジがあり、冷凍食品があり、私の母と父がいる、
そんなプレハブの家、
家はいつも暗かった、
両親は窓を十分に作るのを忘れた、
暗がりのなかで、母も、姉も、父もぼんやりして、ほとんど見分けがつかない、
母はおぼつかない足どりで地下室に行き、冷凍庫から食べ物を取ってくると、電子レンジに入れ、ボタンを押し、受け皿が回るのを眺めて、待ち、チンと鳴ると、テーブルに出し、
また暗がりへ消えてゆく、
玄関の扉の小さなのぞき穴から外を見ると、正面に父が、いらいらしながら不安げに、滑走路の小さな駐機位置に立っているのが見えた、
父は飛行機を滑走路に誘導する仕事をしていたが、飛行機が近づくたびに、いらいらして、

焦って、何もかも忘れてしまった、誘導が本当に下手くそで、だめだった、研修を受けたのに全部忘れてしまった、誘導を学ぶ学校で、父は出来が悪かった、一番出来なかった、シグナルを取り違え、手の動作を間違えた――飛行機は、毎回大きな衝撃音を上げてぶつかった、ときには茂みに飛び込んで引火したり、滑走路を間違えた、父はきまり悪げに薄笑いし、びくびくしていた、ここから出て行きたがったが、どこに行ったらいいのかわからなかった、ここは誰も居たがらない場所、迷い込む者すらいない、滑走路で飛行機が粉々になることはほとんどなかったから、父は喜んでいたけれど、ここはいつも暗く、いつも寒かった、

父の代わりをしてくれる人は見つからなかったので、父は毎月補習に二、三日通ったが、何の役にも立たなかった、父は飛行機が怖かった、エンジンの轟音が怖かった、機体が着陸する時には、いつも耳を塞いだ、

頭の上を飛行機が音を立てて飛び去る間、父は目を閉じ、一人で何か小さく口ずさんだ。

氷の下　凍りつく

雪

冷たい

冷たい　冷たい　冷たい　氷　氷　氷

何もかも氷の下、何も動かない、すべて停止　寒気の衝撃　寒さに凍り　冷凍され　冷凍

食品　冷たい　冷たい　何もかも氷の下

埋葬、氷の下の埋葬、分厚い氷に覆われ、深く、深く氷に覆われ
冷たい　寒さ　暗い　音を立てて割れる氷
割れろ　今こそ崩れ落ちろ！

私は扉を閉めた　空の向こう　太陽の　荒野の　宇宙の向こうで
私は走った　どこかに突き当たるまで
何かが倒れる音が聞こえた
倒れたのは私だった　私の中で何かが壊れる音が聞こえた

凄まじい音だ、突然心臓が裂けた、私の心臓の裂ける音が聞こえた。
すると扉が開いた——到着したのだ。世界は二つに裂けた！

私は思った、この裂け目、
この轟音は、
夜、皆が眠りにつき、
私だけが起きて
心臓の音を聞くときの、ゆっくりと裂ける音、凄まじい音、
それから戸惑う母と父、
おどおどとした寂しい二人、まとまりのないあやふやな表情の二人は、

人生に迷っている、
自信もなく、力もなく
転んでは、また起き、転んでは、また起きるが、それ以上動かない、
二人は、私を見ない、
二人は、私を聴かない、
氷の下に凍りついている
しかたなく息子を一人つくった、
私を愛していない、だから私はいつも駆け走り探し見回し倒れ落ち崩れ叫ぶ。

私は思い出す　凍てついた森を歩いた長い散歩のことを、直前にテレビを見ていた両親は、番組について話していた、
まるでもう一度見るように、
二人はさっき見た場面を繰り返し話すのだ。
どの場面にもおしゃべりが続く、
時間は凍りつき、話は進まず、思考は止まる、凍りつく　冷たい　冷たい　凍りついた静止状態。

私は後退りした、一人で歩きたかった、二人が視界から消えた時、ほっとした、一人きりになった、ようやく、

すると周囲は暗くなり　空は高くなり　寒くなり　広がりが生まれた――すべて灰色、十一月、一人きりだ、まだ世界は残されている！　この瞬間が凍りつく。私の中で。その時以来ずっと。

両親は、氷結した湖の上に立っている、二人の背後に離着陸する飛行機が見える、

私はゆっくりと二人のもとに走って戻った、

私がいなかったことは二人の注意を引かなかった――そんなことには全く気づかず、ただ話し続けていた、

私がいなくても、誰も気づかない。

世界は私に興味がない！

私がいることに、世界は一度も気づいたことがない！

「私は存在しない！　私は存在しない！　私などここにはいない」という声が、夜中に私の頭の中でずっと響いていた、

他人は私のことを聞いていなかった、
聞いていなかったのだ、たとえ私が家中を走ろうとも、
夜中に、
階段を駆け上り、駆け降り、
何度も何度も、
上がっては降り、
とうとう私は倒れてしまったが、
また立ち上がり、
もっと走って、
上がっては降り、
だんだん騒がしく、
躓き、
転び、
キッチンのタイル張りの床に身を投げ出し、
頭を打ちつけた、
何時間も延々と、
だが、誰も聞いていなかったのだ、
聴こうともしなかった、

聞こえるか　聞こえるか　ここにはおまえたちしかいないんだから　すべて眠っていた、
あらゆるものが眠っていた、
両親は私の声を聞く気はない、

怖がっている、私を怖がっている、

顔色の悪い妹、
乱れた髪の陰気な母、
とてつもなくぼんやりしている父、
眠れ静かに、眠れ、
私は自分の人生をたった一人で生きよう、
むしろ、おまえたちなしでこの世界に生きよう。

誰かいないか？　おーい！　おーい！　誰かいないか？　誰か聞こえないか？

氷の下から叫ぶ声が聞こえる、
すべてが凍りついている、
語るはしから、私の言葉は凍りつく、
時が凍りつく、その時間を生き、その時間を超えて生きようとする間に、時は止まり、どの時間も似たようなものになり、進むことなく、凍りつく、そして私はここに、氷の中に横たわる、私はもう先に進まない。
パウル・ニーマント、新しくスタートするには歳を取りすぎている、人生を諦めてしまうには若すぎる、
二、三年のうちにすべて過ぎ去ってしまうだろう、
二、三年のうちに私は埋もれてしまうだろう、ぶかぶかのコーデュロイのズボンをはいて、ゴミを出しにいくときに、誰も聞かない馬鹿話を廊下でして、何を言われてもどうでもいいから、いつも賛成してハイハイばかり言って歩く男たちになるだろう、
本当に邪魔にならない、こういった男たちは、というのは、いてもいなくてもどうでもいいから、誰一人目立つこともなく、本当にどうでもいい、どこに立っているのか、立たせられているのか、そんなことにも気づかない、もう関係ないんだ、年金暮らしのズボンが、ウエストの上へそのあたりからずり落ちないように必死なんだ　**ここにいる私の声を誰か聞いてくれ**、ここを出て行かなければ、すぐに出て行かなければ、躓き、転んだ、一番ゲート、二番ゲート、階段を上がっては降り、両親の家で、躓き、転び、また起き上がった。

誰かいないか？　おーい！　おーい！　誰かいないか？　誰か聞こえないか？

叫んで、走り、駆けまわり、躓き、転ぶ、こんなことが後になって又あった、空港のラウンジで、検査室で、私はチェックインし、検査され、X線を浴び、**無事終了**し、目的地へ

飛び、到着し、又すぐに同じことをしなければならなかった

——Mr Nobody, please come forward for immediate boarding（ミスター・ノーバディ(2)、ご搭乗をお急ぎください）

いやだ、私はここに座っている

——パウル・ニーマント様、お願い申し上げます。パウル・ニーマント様をお呼び出しいたします。

私は、ここから動かない

——Mr Nobody, please proceed to gate 17（ミスター・ノーバディ、一七番ゲートにお越しください）

乗客なんか待たせておけばいい、

——We are paging Paul Niemand（パウル・ニーマント様、ご搭乗をお急ぎください）

——paging passenger Paul Niemand（ご搭乗予定のパウル・ニーマント様）

家中を走った、両親の部屋のドアを開けた、二人とも眠っていた
近づいて二人の顔を見た、両親の顔をまっすぐ見た

何もない
無感覚
全く何もない
何もない

他人の開いた眼を盗み見るときにはいつもこう思う――

こいつは俺のために存在するのではない、俺に興味はない。

母は眼を見開く、視線が交わる

――Mr Nobody, please come forward now（ミスター・ノーバディ、大至急お越し下さい）
We are waiting for you（お待ちしております）
We need you to take off（ご出発ください）

こいつらは誰だろう?
私に何を望んでいるのだろう?
すべて私の妄想だろうか?
とっくに死んでるんじゃないか?

じっと見ても何もわからない、私のことも、他人のことも、世界も、思考も、感情も、人間も、
こいつらが生きているかどうかなどどうでもいい、私は知らないし、わからないし、興味もない、誰のことにも、何にも関心がない

——this is your last call（これが最後のお呼び出しになります）

——we are paging passenger Paul Niemand（パウル・ニーマント様、ご搭乗をお急ぎください）

空港で私は常に最後にゲートに入る、皆が私を待っているこの瞬間が好きだ、私はこの瞬間を楽しむ、スピーカーが私の名前を皆の耳に響かせているこの瞬間を

パウル・ニーマント

パウル・ニーマント

隣の男たちは、遅れてしまうので、だんだんいらいらしてくる、

パウル・ニーマント
パウル・ニーマント

皆不安からいらいらしてくる、

CALLING PAUL NIEMAND（パウル・ニーマントを呼び出し中）

私は少しも急がずに、ゲートの方向に歩き出す、一番ゲート、二番ゲート、三番ゲート、四番ゲート、もう一度回れ右をして、しばらくショーウインドウを眺める、五番ゲート、六番ゲート、七番ゲート、乗客は私を待っている、私のスーツケースを降ろすのは、非常に手間がかかることもわかっている、八番ゲート、九番ゲート、十番ゲート、私はもう一度回れ右をする、もう一度腰を下すことにしよう

パウル・ニーマント

パウル・ニーマント　一七番ゲートにお急ぎください

連中は全員遅れるだろう、
私はもう走らない、
私がいなければ、誰もが私に気がつくのだから。

第二場

コア・バリュー(3)

カール・ゾンネンシャイン　リスクを受け入れよう
アウレリウス・グラーゼナップ　可能性を創り出そう
カール・ゾンネンシャイン　クリエイティヴな思考を提供しよう
アウレリウス・グラーゼナップ　マーケットが提供するチャンスを資本に変えよう
カール・ゾンネンシャイン　未来の展望によって人々をインスパイアしよう
アウレリウス・グラーゼナップ　やる気を見せ、新しい仕事を引き受けよう、新しい能力をマスターしよう
カール・ゾンネンシャイン　何でも自分の方が優れていると主張しよう
アウレリウス・グラーゼナップ　チーム全員の模範になれ

カール・ゾンネンシャイン　労働条件の改善に常に努力せよ、生産物、サービス、到達目標を改善せよ
アウレリウス・グラーゼナップ　時間こそがもっとも貴重な財産である
カール・ゾンネンシャイン　他人の時間に細心の注意をもって対応せよ
アウレリウス・グラーゼナップ　適切で、簡潔で、建設的なフィードバックをいつでも自発的にチームに戻せ
カール・ゾンネンシャイン　絶対に情報を隠すな
アウレリウス・グラーゼナップ　クライアントとの会話では感動が燃え上がるように文章を組み立てろ
パウル・ニーマント　昔こんな値段表があって、母は冷蔵庫に貼っていた、冷蔵庫から何か取り出すたびに、私はその値段を大きな声ではっきり唱えなければならなかった――この世界のどこかで、どこかの家で、どこかのホテルの部屋で、冷蔵庫を開けるたびに、両親は出かけることもなく、いつも家の中にいるのだな、と私は思う
カール・ゾンネンシャイン　クライアントを、サクセスストーリーの主人公にするのだ
アウレリウス・グラーゼナップ　クリエイティヴになれ、その話がどう続くかクライアントが知りたがるように文章を組み立てろ。コンサルティングは冒険であり、期待感と新しいチャンスであり、クライアントにとって新しい生命の感覚なんだ。
カール・ゾンネンシャイン　忘れるな――クライアントとは患者であり、あなたは医者なのだ。解決策がわからなくとも、解決に通ずることを言わなければならない、標準的なコンセプトを

二つ考えておき、常に計算し、臨機応変に対応するのだ。
アウレリウス・グラーゼナップ　コンサルティングとは癒しであり、もう一度最初からやり直すことだ、「なるほどね」という驚きであり、さあ始めるぞという気持ちだ。
カール・ゾンネンシャイン　クライアントのすべての要望に、常に新しい気持ちでオープンに向かい合え
アウレリウス・グラーゼナップ　継続的に学習せよ
カール・ゾンネンシャイン　立ち止まるな
アウレリウス・グラーゼナップ　マーケットのすべての展開にオープンかつ革新的に向かい合え
カール・ゾンネンシャイン　マーケットをもっとも緊密なパートナーかつ親友として愛することを学べ
アウレリウス・グラーゼナップ　自分を壊してしまうものもパートナーとして理解しろ、それが役に立つ秘訣だ
カール・ゾンネンシャイン　決して理解できなくてもシステムに慣れろ、それが役に立つ秘訣だ
アウレリウス・グラーゼナップ　新しい情報にオープンであれ
カール・ゾンネンシャイン　新しい課題にオープンであれ
アウレリウス・グラーゼナップ　自己の限界を常に乗り越えよ
カール・ゾンネンシャイン　問題が提起される前に、解決策を示すのだ
アウレリウス・グラーゼナップ　絶対に立ち止まるな、決して振り返るな、マーケットの要求に適応できない価値観から自由になれ

カール・ゾンネンシャイン　成功したパートナー／マネージャーとして、クライアントのなかでも重要な人物の心をつかめ。知性と魅力と自分を信じる力を個性的にミックスしろ。自分で状況を把握するよりも、コンサルタントの方がずっと要領がよくすばやく頭の切れる友人だとクライアントが信じれば理想的だ。そのためには離れ技のような暗算をしてみせたり、奇抜な解決策を示せば良い。しかしコンサルタントが傲慢だと思わせてはならない。だからたまにはクライアントに、ゴルフの自慢話でもさせておけ、本当のところはもちろんわかっていると、ちらりとも思わせないように。

アウレリウス・グラーゼナップ　こいつはなかなかやるな、なんでも分かって感じも良い奴だとクライアントに思わせれば勝ちだ。

第三場

ライオンキング

パウル・ニーマント　私が最初に応募した**アウトソース・アンリミティッド**社では、**ブートキャンプ**(4)研修があった——ここで新規採用組、つまり「新入り」がしごかれるんだ——多数のインタビュー、ケーススタディ、社外訓練、アイマスクをして空港のラウンジに簡易オフィスをセッティングしたこともある。最終日に会社の全従業員と「新入り」軍団の夕食会があった、社長の希望で**ライオンキング**をやらされた、歌あり踊りありのハイライト。

私はやりたくなかった、
そんなことしたくなかった、
恥ずかしかった、

しかしそういった行事ではチームスピリットとパーソナル・エフェクティヴネス(5)が試験される、うまくやれば好感度のポイントが稼げる——もし参加しなかったり、面白くない顔をしてたら、次のラウンドに上がれない、
希望以下のクオリティの低いプロジェクトに回される、まあ罰だ、警告だ、そうなったら、ドレスデンやドルトムントに飛ばされるだろう、本当はロンドンや東京に行くことになっていたのに——
経理のベティ、本名はバーバラだけど、彼女がキリンの役をやり、私はサイの役で、ファイナンス・コントロール・チームの三匹のハイエナに殺された——
アフリカよ、雄大な魂よ
そこでは人間はまだ本当の人間で、魂の奥底で自然と結びついている、と死にゆく私はベティとデュエットさせられた、
私たちは親しくなり、酔っ払って家へ帰った、手を握ったら、よろめいて、地面に転がったすきに、ちょっとキスして、また歩いた、
私のアパートの前で彼女は倒れて下水溝に吐いた、

私はまだサイの着ぐるみを着ていて、彼女の前にかがみこんで笑った、彼女はズボンを開けて私の一物を取り出すと、突然ひっくり返って眠り込んでしまった、
私は彼女をじっと見た、下水溝をじっと見た、
寒い、
雪が降り始めていた、
静かだ、
突然窓が開いて、叫び声が聞こえた、
男と女が激しく喧嘩していた、
いきなり窓から猫が飛んできた、
男が猫のしっぽをつかみ高い弧を描いて下水溝に放り投げたのだ、猫は手足を突っ張り、顔には恐怖を浮かべ、
何かにつかまろうともがきながら、つかまるところもなく、落ちていく、
外はとても寒く、雪が降って、凍え、すべてがスローになった、
猫は私を見つめた、まるで助けを求めるかのように、私も見つめ返した、
私は君を助けられない、だが私もまさにそうなるのだ、
猫はパニックになり、ゆっくり凍り始めた下水溝に落ちていくと、ぶつかって、ものすごい恐怖と、パニックの不安と絶望を表しながら、水面下数センチで凍りつき、動かなくなる、数分間か数時間か知らないが、ひくひく動き、死ぬ、
私は金縛りにあったように猫をみていた、猫は凍りつき、死の苦しみのなかで冷凍された、

私は立ったまま、忘れていた私の一物をしまった、そして自分のアパートに上った、
寒い、テレビのスイッチを入れた、
拍手。

私は眠りに落ちた、
ベティは下水溝にいた、
監視カメラが彼女をとらえていた、
カメラは会社の敷地を、
アパート地区もふくめて、広範囲にコントロールしていた、
翌日私たちは「弊社以外で働き口を探すように」要請された、
首脳部は私たちのアフリカ・デュエットに納得しなかったのだ、「君たちのデュオにはア
イロニーが認められる。それは私たちの目的ではない」と言うのだ、
アイロニーは目的ではない、練習が足りなかっただけだ、こっそり練習すればよかった、
おまけに会社は、私たちが酔っ払って下水溝に横たわり、セックスしようとして失敗して
震えていたときのビデオをその夜のうちに評価していたのだ――ヒューマン・エフェクテ
イヴネス、ゼロパーセント

第四場

コンサルタントたちの会話1――明らかな不合格

（カール・ゾンネンシャイン、アウレリウス・グラーゼナップ、パウル・ニーマント。カール・ゾンネンシャインとアウレリウス・グラーゼナップはパウル・ニーマントを評価する。パウル・ニーマントは黙って聞いている。）

カール・ゾンネンシャイン　えーと、分析的な次元について、論の組み立てはあまりうまくいっていないようだ。君ほどの経歴にもかかわらず、今回は構造がしっかりしてないから、もたついてしまった。
一、二回、計算違いをしているね、時給計算と従業員への支払いに関して、おかしい点が二、三あった。クリエイティヴな問題にかかわる箇所では、本当にクリエイティヴな数式を発見していない。従業員のモチベーションはボトムライン(6)効果に換算できないよ。総体的に分析に関しては合格ライン以下だ。反対に、パーソナル・エフェクティヴネスの点では非常にいいと思うよ。君は落ち着いているし、とてもはっきりとオープンに話をする。誰かに何か隠しているという感じはしない。君の進め方はまっすぐで感じがいい。ただ……私が残念に思うのは、闘志が欠けている点だ、テーマを貫徹する攻撃性が足りない。まあでもこれは結局君のパーソナリティなのだろう、君はちょっと手堅すぎて、戦闘モードに移る攻撃性に欠ける。だから君が企業家精神を体現していると断言できない。口ではそう言っても、行動とキャリアで見せてくれなければだめだ。

トータルでは君には四〇パーセントの評価しか与えられない、合格ラインの下だ。

アウレリウス・グラーゼナップ　僕は企業統合に関するインタビューで一次的なケーススタディをしたことがあります。分析的な方面であなたはうまくやりとおしておられますね。経営学を学んだ者としてノーマルなやり方です。ただ、私見ですが、構造的な側面では問題設定が必ずしもうまくいっていないようです。あなたに足りないのは、キュリオシティというか好奇心ですよ。成功、そう、成功の原動力は何ですか、他社をだしぬけるかどうかは何にかかっていますか。あなたには本気で突っ込んで欲しかったし、もっと期待していましたけれど、闘志を見せていただけなかった。コミュニケーションは大変結構です、雄弁な方だし、英語もしっかりしている。しかし問題の根底を根気よく探る姿勢は示せてないですね。プレッシャー・ハンドリングに関してですが――圧力をかけられた時の対応です、ご存じですね――あなたの頑張りは認めますが、基本的にプレッシャーを無視しています。これではあなたにから成果を引き出すことができない。パーソナリティを総合すると、うーん、あなたが経営者の思考を真に身につけているとは言えませんね。今ひとつやる気がないのに加えてリスクを嫌う話し方が問題です。経営者の遺伝子を持っているなら、テーマを貫徹する強力な推進力を示せるはずです。そういうわけで全体的には良い印象ですが、十分とは言えません。僕の評価は四五パーセントです、あなたは不合格と言わざるをえません。

カール・ゾンネンシャイン　問題の根底を探る意志を示さなければだめだ。なにがなんでもやり抜く熱意と好奇心を見せてくれ。不満を感じろ、アドレナリンが高まり、最適な解決が見つかる。そうすればクライアントを獲得する長い競争に有利に立てる、クライアントの信頼を得なければだめだ。

アウレリウス・グラーゼナップ　ツールボックスという考え方は重要ですよ。三つか四つのコンセプトをいつでも引き出せるように頭の中に持っているといいです。最初の三、四分頑張って、きれいな構造を頭に描くんです。コストの面と売上高の面から問題を扱うということに気づいていれば、もっとよい評価が得られたと思います。

カール・ゾンネンシャイン　まあ彼には、パーソナル・エフェクティヴネスの点で将来有望だと言ってあげようじゃないか。君の能力はなかなかのものだ……エスプレッソをあと二杯飲んでさらにジャンプしたまえ、次はきっとうまくいくだろう。

第五場

常に一歩先を行くのが大事

カール・ゾンネンシャイン　常に一歩先を行くのが大事だ、止まっているのは退いているに等しい、なぜならよそが絶対にじっとしているわけがない、よそに先を越されるぞ。

アウレリウス・グラーゼナップ　とにかくやる気が大事ですが、それは遺伝子に組み込まれているものですね、たぶん。ほかに重要なポイントは、反省できる人間かどうか、中身があるか、チーム・ワークができるか、緊急事態に対応できるか、学習能力があるか、といった点です。

パウル・ニーマント　今日、私は買い物に出かけて冷凍庫に落ちてしまった、二時間、中で横になっていた、
気持ちよかった、
家でくつろぐ気持ちになって、
ほんの少しうとうとしてしまった。

カール・ゾンネンシャイン　Don't confuse your audience with too much information, have a concept, make the client the hero of your narration.（聴衆に余計な情報を与えて混乱させてはいけない、コンセプトを持ち、クライアントを君の語る物語の主役にするんだ）

アウレリウス・グラーゼナップ　すべてが流転する河の中にいると想像してみましょう。もし立ち止まったら、あらゆるものが傍をすり抜けて流れ去ります。河が流れ続ける限り、一緒に動かなければならない、そうしなければ発展から落ちこぼれ、世界の進歩から取り残されます。テクノロジーは進化しつづける、新しいコンセプトが生まれ、新しい兆しが現れ、人類は進歩し、友だちの人生もどんどん変化し、子どもたちは大きくなる、もし立ち止まったら、すべてを失うでしょう。

パウル・ニーマント　車を停めたのがどこだったか、もうわからない、車はどこかに停まっている、私のいないまま、車は今どこか氷の中で凍りつき凍えている、私の車が私に関係なく走り回り、雪の中、私に関係なく駐車場を探している、私は毎朝車を探すが見つからない、ど

こに停めたか思い出せない、そこにいるのか、何をしている？
私なしでどうしている？　ひとりぼっちで？
何をしている？
寒い、
コートを置いたのがどこだったか思い出せない、ホテルだったか、何かの会議の時のどこかのオフィスだったか、もう思い出せない、コートはどこかに掛っていて、私に関係なくぶらさがっている、どこかにぶらさがっている、ひとりぼっちで、私なしで、車も、コートも、私の車、私のコート、寒い、見つからない、
中断のはじまり、
集中できない、
どこだ？　何をしている？　車は私なしで走っている、駐車場を探している、探して探して見つからない、私なしで走り回る、何か探して見つからない、
何もかも無くなる、すべて私から流れ去る、あらゆるものがなくなる、なくなる、もう何も見つからない、何もかも、誰もかも、
今ここにはテレビと水槽しかない、
水槽の中には一匹の魚と石ころが少しと植物だけ、誕生日にもらった唯一のプレゼントなのに、もうすぐ枯れてしまう平凡な植物、誰もいない水槽の孤独の中で、もうすぐ死んでしまう一匹の魚。

カール・ゾンネンシャイン　戦略の目標は、競争を持続的に有利に進める点にある、すなわち新しい

競争に備えて長期的な利点を約束するポジションを作り出すことだ。状況が変化しても、新しい利点を作り出して防衛することが重要だ。

アウレリウス・グラーゼナップ　まさにそこです、そういった戦略の展開を企業にコンサルティングするには、高度な能力が必要です。

カール・ゾンネンシャイン　分析的で確かな専門能力

アウレリウス・グラーゼナップ　まったく不完全で断片的な情報しか与えられていなくても、複雑で新しい問題設定を貫徹できる能力です

カール・ゾンネンシャイン　そこでは国際性が本質的な役割を果たす

アウレリウス・グラーゼナップ　実習が必要というわけですね

カール・ゾンネンシャイン　人生を切り開くためには目標を貫徹する粘り強い能力がなければならない

アウレリウス・グラーゼナップ　それからもちろん、他人と上手に付き合う能力も必要です

カール・ゾンネンシャイン　特に人間を理解する能力がなければだめだ

アウレリウス・グラーゼナップ　つまり、状況対応能力だけではだめなのです

カール・ゾンネンシャイン　大事なのは人間だ、クライアント・チームと一緒に問題を解決し実行するには、個人的なモチベーションや会社の政治的背景が重要だ

アウレリウス・グラーゼナップ　つまり、競争を有利に進める点に話を戻せば、常に問題に別の視点から光を当てる能力がなければなりません

カール・ゾンネンシャイン　この点は創造性の概念で総括できるだろう

アウレリウス・グラーゼナップ　精神的な柔軟性との関連も無視できません
カール・ゾンネンシャイン　クライアントの立場から考えるんだ、自分の意見にこだわってはだめだ
——まず事実、次に事実、最後に事実、自分の意見は出さない、この態度が人生を安全に送る保険なのだ
パウル・ニーマント　おーい！　誰か聞こえるか？
私の声は小さ過ぎるか
私は間違ってここへ送られてきたのか？
今年届いたたった一通のクリスマスカードは、ファイナンシャル・コンサルタントのトムからだった、郵便受けにはそれだけ、
トムのカードは実に手間がかかっていて、すべて手書き、色鉛筆で描いたカラフルなイラストまで添えてあった、「クリスマスを安らかにお過ごしくださいますよう、そして健康でクリエイティヴで実り豊かに満ち足りた二〇〇四年となりますことをお祈り申し上げます、トムより」、「健康でクリエイティヴで実り豊かに満ち足りた」か、狂ってる、
あいつのせいで貯金が半分以下に減ったんだ、なのにくだらないメディアファンドにもっと投資しさせる気だ、くそ、
私のことを思ってくれたたった一人、それがこの手の株屋だ、こいつがクリスマスに絵まで描いて手作りのカードを送ってきたんだ
パウル・ニーマント様　大至急お越しください　ご搭乗予定のパウル・ニーマント様

ご搭乗予定のパウル・ニーマント様　至急お呼び出しいたします

一一番ゲート、一二番ゲート、一三番ゲート、
私の名前は落ち着いて呼び上げてもらいたい、
私が目的地に到着しても、誰も喜ばない、
ここに名前の入ったリストがある、このリストを持っていく支店は、明日閉鎖される、
一四番ゲート、一五番ゲート、一六番ゲート、
私が搭乗するのを皆待っている、
明日には皆解雇されてしまうことを、連中はまだ知らない、やつらはいい気分でビジネスラウンジを歩いて、ボーナスマイルを貯めて、ノートパソコンに向かって会社の一層の効率化を促進するコンセプトをひねりだしているけれど、お互い徹底的に管理し合って組織をぎりぎりに切り詰めたから、大量の人々が職を失って路上にあふれてしまった、先を争って誰もいなくなるまで互いに合理化し合った結果、社員のいなくなった会社は効率よく動き続け、すべて派遣で、すべてアウトソーシング、社長がEメールを提携先に送っているだけの会社、ところが株価は無限に上がる、株の持ち主はたいていフロリダでのん気に暮らす年金生活者、彼らが株を売って家を二軒買うと会社の活動はこれでおしまい、というのは利潤がこれ以上上がらないから。
明日には、お前たちは解雇される

一人残らず

私が持っているリストには、お前たちの名前が載っているんだ、このリストにはお前たち全員の名前が載っているんだ、余剰人員すべてのリストだ。
誰からも必要とされない人間がいる。
誰からも必要とされない国がある、誰からも必要とされない大陸がある。例えばアフリカだ——アフリカは要らない、我々のミュージカルの舞台背景に必要なだけだ。不要になった人間は、テレビスタジオに運べばいい、そこで彼らは一日中座ってバラエティショーに拍手するんだ、少なくとも何かすることがあるのはいいことじゃないか。

アウレリウス・グラーゼナップ　結局僕たちコンサルタントは「純粋な教養」を代行しているんです、僕らは経済的な論理の代理人です。事実に徹しますから、自分の意見を持つことはありません。僕らは情報を集めます。提案を行います。ですが、決定を下すのは常にクライアントの首脳部です。決定権は僕らにはない。なぜある会社が他の会社より成功するのでしょう？　僕らは人々を解雇しなければならない、たいてい、他にやりようがない。それが問題でしょうか？　もし僕らが社員を解雇しなければ、結局会社が破産して、皆立ち行かなくなる、そうなったら誰も救うことはできません。結局僕らの仕事は社会全体の利益になります、だって経済がうまくいけば全てうまく行くでしょう、これは学問的に証明されています。僕らの仕事は解雇です、それが結局全員のためになるんです。

パウル・ニーマント　中学校の頃、こんなゲームをした、クラスを二つのチームに分け、一人がゴールの前に立つ、それから皆で馬鹿みたいにゴールを狙う、おまえがゴールに行け、俺はいやだ、おまえが行け、行くんだ、黙って立っていろ、かならず誰かやることになってるんだから、それからこのうるさい奴めがけて全員で何時間もシュートだ、誰もゴールなんか狙わない、キーパーの口を狙い続けた、監督も口を狙ってシュートだ、君の反応速度はまだまだ改良の余地がある、もっと早く、ほら君、もっと早く、君の能力は十分ではない、もっと早く反応するんだ……

第六場

カール・ゾンネンシャイン――もう一つの世界は可能だ

カール・ゾンネンシャイン　我が社の同僚にはたえず能力を高める向上心を持ってもらいたい、そのため練りに練った評価、判断、フィードバックの三点セットを用意してある、コンサルタント一人にメンター（助言者）四人をつけ、仕事ぶりを監視し、助言と助力を与える、さらにその成果を二人のメンターがこっそり観察する、わが社ではこれを隠れエージェントと呼んでいるが、本人には誰が隠れエージェントだかわからない、周囲の誰でもあり得るが、本人にはわからない、メンターも、隠れエージェントも、コンサルタントとして自分のプロジェクトを担当するから、監視に使う労働時間はごく一部、この点が我が社にとって重要である、さてメンターとエージェントのネットワークは今では非常に複雑になり、ほとんどすべての同僚が隠れエージェントであると言えるほどだ、監視は六週間以上も、時には何年も続くことがあることを考えれば、誰が誰を監視しているのか絶対に明らかにしてはいけない、隠れエージェントは監視対象のコンサルタントについて知り得たことを秘密ファイルにまとめてメンターに渡し、メンターが個々の点についてコンサルタントと話し合って、弱点を補強しパフォーマンスを改善するための適切なトレーニングと補習を提案する、稀にだがクライアントの経営に直接タッチするケースもある、このようなケースでは、告訴という事態も念頭に置いて経営陣に警告を与えたり、特に気配りが必要な人物の存在に注意を喚起したり、専門家の助言を求めたりすることも必要だ、我が社のすべての同僚には、仕事のクオリティにおいて三〇〇パーセントの卓越性を発揮することを期待したい、そのためさらに勉強を続けて、マーケットの発展に遅れないで欲しい、頼まれなくても自分からシフトに入り、他人が成果を出す前に解決策を提案してくれ、走り続けろ、意気込んだ、業績を上げろ、改善を心がけろ、クライアントに最適な解決策を提案するまで夜も眠れなくて当たり前、ハイスピードでジャンプ、貫徹、人間として後退しようとも、攻撃に集中し、いかなる戦いでも目的を完遂する、そうだ、競争を続けることはクライアントにとって最大の利益だ――しかし目標を達成できなくなる時が来る、私の心に何かが生まれる、それを疲労と名付けよう、休みたいという望みが膨らみ、もういい、他の活動領域を探そう、という結論がおのずから引き出される、それはたいてい四〇歳以降のこと、望みはどんどん大きくなる、週末には妻と二時間以上過ごしたい、午後には息子をサッカーに連れて行ってやりたい、こういう望みに気づいた時には行けばいい、望みを抱えたまま不必要に企業の重荷になり続けることはない、それぐらいの年齢になると休みを取れる程度の金がたまっているはずだ、あるいは、公務員関係の何か緩い仕事とか、鉄道の監査役とか政治活動の助言者とか、その手のものを引き受ければいい、だが我が社では、もうできない、やめさせてくれ、と自分から言い出してはならない、そんなことを言い出したらエージェントを強化投入しなければならない、我が社の社員は完璧な効率性の仮面をかぶっているから、外見上はよく働き、いつも遅くまでオフィスに残っている、職場の同僚から見れば、たしかに四二歳になったけれど、まだ仕事はきちんとできるし、働くのを楽しんでいるようだと思われるはずだ、しかしよく観察してみると、決断力が鈍って効率曲線が急激に低下しており、夕方には疲労困憊して、同僚とスカッシュに行くこともなくなり、ホテルのロビーでビールを飲んだり、翌日使うリストを残業で仕上げることもない、こういう人間は会社を去らなければならない、例えば夜通しオフィスに座っているだけで、何もせず、ただ**見られたい**だけの高年齢の社員がいる、ああまだ席で仕事している、もう二時半なのに大変だな、と見てもらいたいだけの連中、こいつらはただ座っているだけで、仕事もしないでふらふら帰宅するだけだ、何だか知らないが、子どもの頃のこととか、両親のこととか、あるいはこの先残っている三〇年ですることとかをぼんやり考えている、いったい何をするっていうんだ、パワーもヴィジョンも失って、良かった時代の色あせたコピーとなってそこにいるだけなのに、我が社ではこの手の連中をエージェントが監視する、情け容赦ないと思われるかもしれないが、結局国民経済全体のためにはこれが最適なのだ、というのも文化や健康保険の費用がざっくり削られれば大騒ぎになるが、一企業の業績が悪化しようが経営が傾こうが誰の利害にもならないから、もはやふさわしい**能力**が全くない連中を、どうしてその地位に据え続けなければならないのか、たとえ望んでも、座らせておく必要なんかない、何もすることがないなんて非人間的である、ところがたいていこの手の連中は頑固だ、そりゃあそうだ、不安だから、仕事はドラッグのようなものだ、もし二〇年もコカインをやっていて、突然今日からペパーミントティーを飲みなさいと言われたら、はいわかりましたって言う奴はいない、だから連中は不安なんだ、そこで我が社では同僚が高齢化してもすぐには追い出さず、準備期間を設け、段階的に仕事減らしを実施している、具体的には責任のある仕事を徐々に減らし、より小規模なプロジェクトに移行させる、つまりベストの時代にはニューヨークに駐在して東京とパリを往復していた同僚の勤務地を段階的に引き下げて、ロンドン―ベルリン―ブダペスト―ブレーメン―ミュンスター―オルデンブルク―フュルステンフェルトブルック―フーズム―という具合に転勤させる、まるで安楽死のように、人間としての体面を保ったまま退場をうながすわけだ――この過程では、遅くともブレーメンに転勤する頃には、だんだん年金のことを気にかけるようになる――あるいはもう一度エネルギーがバーストして、全力でやる気になる社員も当然出てくる、突然ドイツの片田舎のキールに左遷され、駅で降りた瞬間、大変だ、俺の人生が終わってしまう、何かしなければと気付くんだな。

（沈黙。）

夜、街を歩くと、失業者が目につく、あちらこちらに張り付いたり、車の下に隠れたりしている、大きな網で捕まえられて、職場に連れ戻されるのではないかと怖れているんだ、ひどい環境で育った施設の子どものように、職場から逃げ出した連中だ、身なりも汚くスポーツもしない醜い人間、動こうともしないこいつらで街は一杯、きちんとした文章も書けないし、一日中ソーセージ屋の前をうろついて「上の人たち」のくだらない話をしてアルディ[7]で買った缶ビールを胃袋に流し込む。座り込んで、何か起こるのを待つだけだ。

「自己決定」なんて猫に小判。

こういう連中をどうすればいいのでしょう?

私が行った多くの企業調査によれば、どの企業でも少なくとも従業員の二〇パーセントは実際には仕事をしていない、例えば書類を繰り返し並べ変えたり間違って分類したり、情報を全く伝えなかったり、間違って伝えたりしていて、余計な出費がかさんでいる。こういう連中をどうすればいいのでしょう? 雇用を維持すべきでしょうか? 西欧ではどの国でも、莫大な補助金によってかろうじて生き延びている職業がある——我々にはドイツの農民はいらない、人工的に延命させているにすぎない、なぜなら圧力団体が存在するから、どんな政権も農業は意識を取り戻す見込みのない脳梗塞患者の人工延命策にすぎないとは公言できないのだ、我々には炭坑もいらない、炭鉱労働者に対する補助金は年間一人当たり一〇万ユーロを超える、これを我々は「炭鉱仲間」に払っているが、直接彼らに手渡しちゃいませんか、炭鉱で働いて体を壊すよりもはるかにいいじゃありませんか、掘り続けて地球が慢性の病気になるよりずっと良い。炭鉱労働はフェイクなのです。ドイツにおける労働の四〇パーセントは労働のシミュレーションです、労働者を必要としない労働です、我々の社会が実際にはどこに行き着いたのかを誰にも知らせないようにするためにだけあるのです。こういう連中をどうすればいいのでしょう？　ある日連中は、自分たちが働いた成果がすぐに捨てられてしまうことに気づく―南アフリカのどっかのゴミの山に捨てられるのだ。補助金政策だっていつまでも維持できるはずがない――このような人間たちを、もっと早いうちに、他のこと、何か国民経済に役立つことを習得するように配置転換することは意味のあることではないでしょうか？　政治家はこの問題を解決できない、政治はこの問題に触れることができない、事実を明らかにしてきちんと文書化することができない、政治家はマスコミという破壊機械を怖れ、選挙民の利害に密着しているから、なんとか次の選挙まで維持することしか頭にない、こんな政治に改革を期待することなどできない――そこで我々は改革のコンセプトを仕上げました、これがそうです――だがしかし、政治家はこれを実行しない、誰も手をつけようとしない、選挙民が驚いて票が逃げるのを怖れるからです。そこでこの分野は我々に任せていただきたい、何が為されなければならないか、経済的な論理の純粋な教義に従って我々に決定させていただきたい、我々は実行します、その方が結局理性的ではありませんか、民主主義は素晴らしいものであり、善であり、たしかに最高の目標であり、健全で良く機能する経済が支える完全な社会のためのものであり、社会の最高のモデルです、しかし現在の私の考えでは、民主主義という我々のシステムは完全に行き詰まっています、正直言って、この先何の見込みもありません―民主主義は私たちに何をもたらすのでしょう、選挙キャンペーンを作成するのは広告代理店です、候補者は皆同じことを言います、テレビはもっともらしいアンケート結果と開票予想をでっち上げて世論の形成に絶え間なく介入します、そのため国民は狂乱に陥り、スキャンダルや間違った情報が判断を迷わせる、これでは事実に基づいて決定することなどできやしない――結局我々の民主主義は全く気違いじみたメディア民主主義なのです、票は事実に基づくどころか、どの候補者が一番ハンサムか、あるいは「**賭けろ**」とか「**ビッグブラザー**」(8)に一番良く映ったかといった好感度によって選ばれる――これではどうすればいいのでしょう？　このシステムをどうすればいいのでしょう？　必要なのでしょうか？　皆さん、このシステムをしばらくのあいだ停止させ、事実と状況そのものに語らせ、超党派のコンサルタントに任せてはいかがでしょう。我々は党の意見に縛られたり、利害関係のもつれの中で停滞しているわけではありません、間違ったヒエラルキーのためにいつも冷遇されているだけなのです。マニフェストをご覧ください、何が必要とされ、何が必要とされていないか、何が変わらなければならないかが書かれています、また、具体的な提案を行い、改革と改造の構想をどのように実現していくか、その戦略を展開いたします、マスコミでさんざん叩かれ修正されて死に体となるのではなく、実行に移されて効力を発揮するための提案です、改革を実現するのです――またマスコミも一定期間は責任を負うことが大事です、現在私たちが目にしているメディア・システムは、言論の自由とは関係がありません、それはロビー活動と少数派封じ込め戦術に過ぎません。我々にはヴィジョンがあります、このヴィジョンを現実にすることは可能です、我々は事実を知っています、行動したいと思っています。目の前にあるこの偉大なプロジェクトを我々に任せていただきたい、――最後に一言強調します、新世紀をスリム化して、グローバル化する世界市場の暴風に立ち向かいましょう――、このプロジェクトを共に進めましょう、誰もが可能性をめざし、必要とされる場所に立てるのです、我々は大きなチームの一員です、仕事を始めましょう、もう一つの世界は可能なのです、我々がそれを作ります。

第七場

ロンドン　アバディーン・グローバル(9)

（子ども／ミスター・ノーバディのコピーが登場する――子どもはゆっくりと会議室に現われ、男たちの持っている書類を注意深くめくり、各国の資産運用ファンドや数字をマイクにささやき、パウル・ニーマントの向かいに座って彼の話を聴く。）

子ども　（ミスター・ノーバディのコピーがマイクにささやく）**ロンドン**　アバディーン・グローバル　**アムステルダム**　エービーエヌ・アムロ・インベスティメント・マネジメント　**トーキョー**　エイシーエム・オフショア・ファンド　**ニューヨーク**　アクティヴェスト・インベスティメント・ルクセンブルク　**フランクフルト**　エスエー・アルサ・エイイービー・アセット・マネジメント　**パリ**　アライ

アンス・インベスト・ケイエイジー　**ローマ**　アクサ・ローゼンバーグ・マネージメント　**チューリヒ**　バーリン・ファンド・マネジャー　**シアトル**　バーリン・インターナショナル　**シドニー**　ビービーインベスト・ベルグレイヴ・キャピタル・マネジメント　**シンガポール**　カールソン・シーディーシー・イクシス・エイエム・シーアイシーエム・ファンド・マネージメント、シティグループ・アセット・マネジメント　**トロント**　ケイエイジー・コムジェスト・ファーイースト・マネジメント、コムジェスト・エスエイ、コムジェスト・オフィヴァルモ、クレディ・スイス・エイエム　**ミラノ**　ラクス・デイヴィス・ファンド、投資運用チャート、積層チャート、ロウソクチャート、ポイント&フィギュア、アドバンス・デクライン・ライン、ベータ・ファクター、クライマックス・インディケーター、モメンタム・チャート、キャッシュ・フロー・インデックス、推計統計学的傾向、振動率、予想変動率、ファンダメンタル分析

3U 31 DE0005167902 UUU 8,25 +114,3 9,25 3,66 75,2 65,97 68,00 1,1 0,20 0,76 0,87 11 9 0,7 14 (12) ADVA OPTICAL 26 DE000513006 ADV 3,10 +152,0 3,95 0,50 102,7 88,06 93,00 1,1 -0,04 0,15 0,19 21 16 12 (5) ARTICON 19 DE0005155030 AAGN 2,18 +74,4 3,30 0,92 22,4 210,54 208,90 208,97 0,1 -3,45 -0,86 -0,18 FORTEC 13 DE0005774103 FEV 32,10 +28,73 -21.34 +13,43 MEDICLIN DE0005998762 UUU 13,79 +500,23 45,33 92,34 +44,31 +23,87 KANGOL DE0003726319003 UUU 5,43 +8,23 -34,2 26,39 9,2 5,44 0,2 0,34 0,43 YAHOO-DE DE0000534452990 -232,1 -243,2 -192,32 PA SA 9,321 3,2 9,3 -3,2

ARTICON ATOSS AUGUSTA BAADER CANCOM CENTROTEC CONDOMI CONNECT
CONSTANTIN DATA MODUL DEAG DIALOG EALG ZERO FREENET GESCO HEILER
INIT INFOR INTERSHOP LAMBDA PHYSIK LPKF LYCOS EUROPE MACROPORE
MASTERFLEX MATCHNET MAXDATA MORPHOSYS MHT OPEN OHB
TECHNOLOGY PANDATEL PANKL RACING PARSYTEC PSI QSC QTS Q 50000 MIX
TECJ TRANS ROFIN SINAR SANOCHEMIA SARTORIUS STEAG HAMATECH
SYSWKOPLAN SYZGY TECHNOTRANS TELEGATE TELES TOMORROW FOCUS USU
OPENSHOP WAVELIGHT WLS LINITED X-TRAG X-RAW X-5 X-SEVEN X-NET
YAHOO YAVA-SMITH 5 YANK-ZERO YY-TT-AH ZERO F ZERO SUBLIME

第八場

パウル・ニーマント――解雇ポルノ

パウル・ニーマント　（第七場の子どもの声と同時に）
毎朝急いで出勤していたのは、
私ではなかった

私の生命はゆっくりと私から流れ出した
生命はどこか他所にあった、ここではなく、私の内にもなく。

毎晩私はテレビの前に座り、RTL[10]やテレホンセックスの宣伝をぽかんと見ていた、
私は、テレビから離れることができなかった、
自分でも嫌になったが、テレビから離れられなかった、
麻薬のようだった——
ファック、ファック、ファック、ショッピング、ショッピング、ショッピング、
女王様も奔放な人妻も、私の電話を欲しがっている、私としたがってる。
頭がくらくらする！　私は眠らなかった、ポルノ　ポルノ　ポルノ
解雇　解雇　解雇、誰をどうやってクビにするか、新しいコンセプトをたえず考える、
死んでくれたら、一番いい、年寄りたちが死んでくれたら、一番いい、
年寄りを解雇するのが一番難しい、
年寄りはいまいましい、社会的な権利を持っていて、病気でも雇用し続けなければならない、役に立つ若者を捨てなければならない、
だから我々はトリックを考え、すべての部署を閉鎖することにした、全員をいったん解雇し、別の名でオープンして再雇用した、ただし年寄りは対象外、これで解雇したくても解雇できなかった連中を放りだせた、
死ぬのが一番良かっただろう、なんでもいいから突然死んだら、一番良かっただろう、合

理化ポルノ、フレキシビリティ・ポルノ、いまいましいファッキン・アウトソーシング・ポルノ、部屋から出て、牛乳、ビール、じゃがいものピューレ(11)を買いに行く、ピューレのパック、帰宅、それからコマーシャルが延々と続いて、ポルノを見て、エクセルの表をもう一回突き合わせてチェック、

こんな表、信じる奴いるか、

向かいに座っている太った年寄り、大嫌いだ、追い出してやる、どうやったら追い出せるか、ここ数週間考え続けた、

パック詰めのスープ、パック詰めの生存、パック詰めの馬鹿、私はパック馬鹿だ、冷凍食品馬鹿、私は凍死したい、眠れなかった、ずっと目が覚めたままで、眠っていても映像が見える、昼も夜も何週間も見続けた、ゆすぶられ、ゆすぶられ、雪に埋もれ、吹きつけられ、埋葬され、死ぬ、私は同僚全員を捨てる、必要とされていない者は去らなければならない、

今度は私自身が飛び出す番だ、自分を捨てる計画を考えた、全員出て行ったら、私も出て行く、後は会社だけが働き続ける、私はこの世界にたった一人で、同僚たちを消すためにだけ、ここにいるのだ、私は透明になり、見えなくなり、同僚は消える最後の瞬間まで、私の存在を記録しない——

消されるその瞬間、同僚は私の存在を感じる、そして大地はかるく揺れる、というのも私が同僚の人生を消したのだ、私は一つの**存在**を合理化した、その結果株価は、一人当たり○・○○○○○七八九パーセント上昇する、これは計算済みなのだ、**私はここから出て行**

きたい！　出ていきたい、出ていかなければだめだ、出て行くことを望む何かが、私の中で叫んでいる、
夢で私は過去を見る、滑走路の後ろにあったあの家を見る、飛行機の誘導係だった私の父が立っている、父は霧の中で飛行機を誘導していた、あの轟音が聞こえる、父が勘違いしたり、正確に見なかったり、ぼんやりしていたり、疲れたりした時、着陸滑走路のずっと後方で鳴ったあの轟音だ、重い機体が草原に突っ込んで炎上する、悲鳴とともに爆発音が、消防車が、サイレンが聞こえ、青い光と機体から運び出された人々が見える、
もう着いたのか、またここに来たのか？
違う、私は飛行機の機内に座っている、隣席の男たちは明日デスクの上に解雇通告を見るはずだ、なぜなら、今夜これから私が解雇通知を渡す社員のリストをデュッセルドルフへ持っていくのだから、我々はマイナス五〇度の中を飛行する、私はその寒さを感じ、私がここで凍死するのを防ぐ薄い層を感じる、もしここで飛行機が海の中に墜落すれば、もし今、海に墜落すれば、我々は凍死するだろう、海底に着くより先に。

夜に、眠れないときには、下水溝の凍死した猫を見る、猫は四肢を伸ばしたまま、氷漬けになり、顔にはパニックが固まっている、
それを私は毎晩、毎朝見る、
凍死　死の飛行中に、
ゆっくりと凍りつく　氷の下で、二棟のマンションの間で、それぞれ一万戸のワンルーム

があるマンションの間で、
毎朝、電車でただっ広いオフィスに通勤する前に、一二〇分間凍りついた猫をじっとみて、こう考える――
「私もすぐ横になろう、そこに横になろう」、そうすればもう何も感じない、何もだ、私は横になったまま、だんだん凍ってゆくだろう。次の出張のときには、高度一二〇〇〇メートルの窓から身を投げよう、そうすればどこかで誰かの注意を引くから
今私が氷の上に身を投げても、今ここで窓から身を投げて猫の隣に横になっても……
この世界は、さらに飛行するだろう、空虚に、高速で、方向も定まらず、終焉に向かって。
私は毎朝この猫を見る、私はこの猫の飛行、その眼つきを思い出す、しっぽをつかまれて窓から飛ばされたその瞬間を思い出す、どこかつかまろうとむなしくもがきながら、墜落し、悲鳴を上げ、どんなものも、誰からも絶対に助けを得られないことを知りながらも、できるかぎりの大きな声で叫びながら、飛行中に凍ったその瞬間のことを。

第九場

アウレリウス・グラーゼナップ――内面が荒廃する危険は、もちろん非常に大きい

アウレリウス・グラーゼナップ　内面が荒廃する危険は、もちろん非常に大きいものがあります、したがって私たちは非常に早い時期から、危険に対抗する手段を試みてきました。現在実施している「人間相互の出会い」というトレーニングがそれです。これは読書会だったり、ロッククライミングのサークルだったり、アクション・ペインティングやディスコ・ダンスの会だったり様々ですし、異性と知り合う機会でもあります、異性を食事に誘い、気分良くワインを飲んで、なすべきことを完遂するのです、緊張を取り除き、新しいものを受け入れるには一杯のワインが欠かせません。現在我が社では皆さまに様々なスポーツの機会を提供していますが、それと同時に「アドベンチャー・カルチャー」という複線型プログラムも実施しています――これは、私たちの魂の内なる核との関係性を構築するプログラムです、魂の内なる核とは欲求であり、隠されたリソースです、私の場合、例えば詩を書いたり、ミュージカルのグループと一緒に毎晩踊ったりしています。ミュージカルは同僚のカールと二人で担当させていただいてます、今回の作品は二年来社員総出で稽古に励んだもので、来年の夏、四日間の大平洋サーフィンツアーの際に首脳陣の前で上演いたします、私たちは今日の文化に関するリサーチを行いましたが、そこには深刻な問題が認められました、つまり、たいていの場合、クライアントは文化を習得できないのです、なぜなら、どんな形であっても、わくわくさせたり、なるほどと思わせるレベルに達するには、あまりに長期間の準備が必要になるのですから。ただ、動物を主人公にするものは非常に好まれることが内部調査で分かっています、さてそこで、はっきりしていてわかりやすい話の筋と、新鮮かつ大胆でウィットに満ちた対話を作れば、人間存在の深みが動物の世界に投影できるでしょう、もちろんあまりアクチュアリティがあってはいけません、とりわけ政治的な党派性を出すのは禁物です、お客さまの心を慰めましょう、ふさわしい彩りを添えて、親しみやすいユーモアあふれる文章で、けっして近づくことのない男女の間の矛盾のもつれに深みを与えるのです、奇抜な衣装を着ていても、人差し指を立てるような目立つ動作は避け、ささやかに指を鳴らす程度の演技にとどめましょう、お客さまの心を引き込む魅惑的な特殊効果と誰もが楽しめる音楽も必須ですし、チャーミングな俳優たちが職人技の成果を着実に見せることも大事です、ちょっとエキセントリックな隠し味も欲しい、たとえばパンクっぽいのなんかいいですよ。昨今のドラマの危機は、全体を見渡す枠組みのなかで解決しようじゃありませんか。私たちは詳細なアンケート調査と三ヶ月にわたる全社的なリサーチを行いました、その結果、回答者の四七パーセントは、オットセイの放浪の物語を見たいと思っていることが判明しました、そのオットセイは、大海原を舞台に感動的な旅をしたあと、ついに自分自身を発見するのです、すべてのダンスはワインレッドの色彩で表現されます、ダンスは物語です、抽象的であってはなりません。音楽はポップ・ミュージックをベースに、弦楽アンサンブルで演奏するものが支持されています、歌詞には昔の思い出がはっきりよみがえる効果が期待されています、若い頃を楽しく思い出せることが大事なのです。そこで私のミュージカルの話の筋は、カールが行ったアンケートの分析結果をヒントにしました、第一幕は南極に群れなすオットセイの話です、たいへん詩的な文体で人間存在について歌って踊るオットセイの群れが登場します。第二幕でオットセイたちはローラースケートをします、第三幕は舞台がネパールに移り、主人公のオットセイが自分自身を発見する過程が描かれます、ここでは本物のインディオ音楽の伴奏とパンフルートの合奏にぴったりの振り付けを考えました、メインは政治について議論するスケートを履いた白熊の一団です、超党派での解決をめざしてあらゆる側面から議論する白熊たち、彼らは他の種族とのトラブルに巻き込まれ、それは第五幕で解決されます、第四幕はデュッセルドルフのオフィスに戻り、オットセイは放浪で学んだことを実現します、考えることは行動することです、これが私たちの最も重要なモットーです、実際に役立たなければ、経験など何の足しになるのです？ 何の役にも立たないじゃありませんか。必要なものはコンセプトです、経験したことを即座に完成段階に組み込むプログラムです、そうでなければ何を経験したのか外からはわからないじゃありませんか。人間関係が役に立つのは、それを利用できるときだけです。私は趣味がサイクリングなので、鳥が卵を抱いているのをよく見かけます。放浪のオットセイは再びチームに統合されて、素晴しいエンディングを迎えますが、ここで重要なのは、オットセイが人間になるためにその旅を利用したということです、これはとても示唆的です。文化の意味は、思考を新しく方向づけるところにあるからです、事実に基づいても分析的であっても、もはや先に進めないときに、ある種の散乱によって脳が刺激されると、非伝統的な解決法がもたらされる、と学問的に証明されています、それが結局文化の付加価値であり、これによってまた別の思考が得られ、融和がもたらされます、文化がうまく作られれば、スポーツと同様に良い目的を達成することができます、「さあ、お聴き、病気の子ども、星の心の蜂蜜飲みが、春風に歌ってるよ。さあ、お聴き、病気の子ども、おまえの星が宵風に光ってるよ(12)」。

第一〇場

カール・ゾンネンシャイン――アドベンチャー・カルチャー――詩

カール・ゾンネンシャイン

私の友達は誰だろう？
大海原を渡る鳥は迷う、
難破した船乗りは船を失い
群れをなす生きもの、その牧人は灯りをともしながらも迷う、
霧、沈黙、壊れた暗い電灯、
星なき夜の空は、言葉少なく黙りこみながら、蒼ざめて天にかかる
静けさ、寒さ、夜、永遠に理解されない風。

私は夜の星、世界を軽蔑し、駆り立てられ、錯乱し、もっともひそやかなものを失って、
冷たく凝固したまま、世界を見る。

この夜の静けさを、あなたにあげよう。

葉ずれの音よ、私のために泣いてくれ。

夜の光にぞっとする。

震えがちな葉を、あなたのそばを、私は探す、不安を、慌しさを、

この沈黙の理解を。
オレンジ色に燃える甲虫の殻よ、もう一度私のために燃えてくれ。
すべての風を青く学ぶ道を教えてくれ。
私に力を。
星よ、もっとはやく照らせ
さまようものは期待を胸に抱きつつ、陰鬱に、頭を下げる。
うち棄てられた炎よ、私は黙して向かおう。

第一一場

コンサルタントの会話2——我々のチームは本当にすごい

(コンサルタントの会話1の場面でパウル・ニーマントが座った席に今度は子どもが座り、評価の対象になる。状況は徐々に解体し、登場人物たちは奇妙な錯乱状態に至る。アウレリウス・グラーゼナップとカール・ゾンネンシャインは、ミュージカルに登場するオットセイのパフォーマンスの稽古を始め、奇妙なダンスの動きを練習する。天井からデスクの上に氷片(アイスキューブ)が降る。この場にはどこか非現実的なところがある。パウル・ニーマントの悪夢の世界を表している。)

アウレリウス・グラーゼナップ　この次元でどんどん進みましょう、彼のために何が出来るのか、よく考えてみましょう、彼をもっと引っ張り出して、いわば冷たい水の中へ少し押し出すことにしたらどうでしょう。

カール・ゾンネンシャイン　このチームにいられるなんて、ラッキーな奴だよ。自分でもこのチームはすごいと思う、感謝してますって何度も言ってた。ええと、それで、彼のすごく評価できる点は、そこが今日の査定のポイントだけど、ボストン・コンサルティング・グループ(13)のノウハウを使って、自分のやり方にしているところだ、つまり彼の基盤はしっかりしているし、そこにある資料も使ってるし、要するに知識マネジメントをそつなくこなしているな。

パウル・ニーマント　ええ、私がここを読んで気に入ったのは、分析の箇所と仮説に基づく仕事の箇所です、初心者としてはかなりうまくビック・ピクチャー、つまりヘリコプター・ヴューを使えています。では掘削分野のマーケット関連の分析はどうでしょう、計算上水漏れはありませんか、耐水性はどうですか、他に問題はありませんか?

アウレリウス・グラーゼナップ　そうですね、彼は比較的若く昇進したから、成長する時間が必要です。自分を信頼する気持ちは急には育たないものですから、まあ、私は基本的に少しも心配していないんですけれど、というか反対に、このケースではとてもいい仕事をしていると思うんです。チーム・ワークに関して評価点は低いんですが、ここだけの話、彼はチーム・プレーをエンジョイできるし、我々のチームは本当にすごいですよ。

カール・ゾンネンシャイン　そうだな、ものすごいことになってるな。

アウレリウス・グラーゼナップ　そうです、これは夕飯を一緒に食うとすぐわかります、なかなかですよ。彼は完ぺきにチームと一体になってます、チーム・プレーをエンジョイするのは間違いないです。

パウル・ニーマント　それでは私から提案させてください、一度彼と話す機会を作り、もうすこし自分を信じろ、他のモジュールにもアクティヴに参加しろと、はっきり伝えませんか、今晩のチーム・ミーティングの時でも構いませんから。

カール・ゾンネンシャイン　うん、今晩にもやろう。我々が取った処置は、彼がまだプロジェクト内のサブチームに属していた時のものだ、君が望むなら、今後彼には結果に対しても自己責任をもってチームを率いてもらおう、自分の快適空間からすこし押し出されたら、急に進むものだ。時間はかかるが、我々は皆そうしている、うまく機能するように、もう少し彼には意欲を出してもらわなければならない。

パウル・ニーマント　プッシュするんです。

カール・ゾンネンシャイン　そうだ、プッシュだ。

アウレリウス・グラーゼナップ　状況が改善されねばならないのは、先週のうちからわかっていました、いくらか強制的にではありますが、彼をいきなりクライアントの前に立たせて何か言わねばならないようにすべきです。

パウル・ニーマント　彼は一七名の会議を切り盛りした、いや一三名だったかな？

アウレリウス・グラーゼナップ　いきなりがいいんです、これもいきなりだったから良かったんです。

ほかのクライアントのアポと重なっていてラッキーでした、つまりね、やるのは彼で、彼が前面に出なければならなかった、効果的でした。

カール・ゾンネンシャイン　そうだ、これからもいきなりやらせよう。

アウレリウス・グラーゼナップ　何が問題かを彼は了解してますし、全体との関連付けもできています、だから、初めのうち陥りがちな典型的な視野の狭さというものが、彼の場合ありません、すべてを全体の中で組み立てることができます。

パウル・ニーマント　わかりました、いろいろ情報を集めていただきありがとうございました、ところでフィードバックすることはありますか？

アウレリウス・グラーゼナップ　特にありません、今のところ自動動機づけの分野では、攻撃性の観点からも困難な点は認められません。

パウル・ニーマント　了解、ではケース・ミーティングはいつにしますか、彼には前面に出る適格性とエリア外における互換性に関して指示しないといけません、それからフィットネス・トレーニングをいくつか勧めましょう、それ以外の点では彼は立派な戦闘員です。

アウレリウス・グラーゼナップ　百発百中。

カール・ゾンネンシャイン　いわば我々の素晴らしい戦艦の一隻を、もうすこし冒険を楽しむように操縦すればいいんだ、そうすれば目指す地点に全員到着できる。

パウル・ニーマント　素晴らしい、では何時頃にしますか

カール・ゾンネンシャイン　今日も皆でスカッシュに行こうか？

（短い間）

アウレリウス・グラーゼナップ　えーと、私はまだ仕事が沢山残っているので

パウル・ニーマント　私も今日は追加のアポがあります、ケース・ミーティングの後に別のケース・ミーティングなんです、社外秘なんですが、ここでは言ってもいいでしょう、だからダメなんです、すみませんけれど

カール・ゾンネンシャイン　えっ、たった二、三時間スカッシュするだけだよ、仕事を持って行ってもいいし。

アウレリウス・グラーゼナップ　えーと、まあ、ご存じと思いますが私は

パウル・ニーマント　行きましょうよ。

カール・ゾンネンシャイン　二人だけというのもいいね、君と僕。どうかな？

パウル・ニーマント　はい、大賛成です。

アウレリウス・グラーゼナップ　じゃあ私はこれで……

カール・ゾンネンシャイン　じゃあ行こう、二、三時間スカッシュして、そのあと少し水上スキーとパラシュート・グライディングやって、やりながら報告を受けて査定もしてしまおう、それからボウリングを一ラウンドして、もう一回パラシュートをして、イクストリーム・インライン・スケート[14]を一ラウンドして、それから査定の続きをして、それから一ラウンド、スカッシュして、それから川を泳いで昇ったり下ったりして、ラフティング[15]して、それから明日の仕事のリストをチェックして、またパラシュートをして、それからチェスも一回

しよう、ボードゲームの「リジコ」か「マーレフィズ」か「怒らないで」をやって、その間に電話会議の準備もして、その後スカッシュして、イクストリーム・ラフティングとイクストリーム・インライン・スケートをやって、それから少し泳いで、それから一番上の階まで片脚跳びを一〇往復やって、そのとき例のケース・ミーティングの準備をして、査定もして、フィードバックを自発的に行って、燃えるような感激する文章を書いて、それから何度もすごいパラシュートして、それから二、三篇の詩も書いて、もう一度「怒らないでね」ゲーム、「ミューレ」ゲーム、イクストリーム・カヌー、バンジージャンプして、タランチュラを踊って、ホテルのロビーを模様替えして、アイマスクして空港ロビーに移動オフィスを設営して、もう一度明日の仕事をチェックして、それからフランクフルター・アルゲマイネ新聞の校正をして、歩いて、よじ登って、歌って、踊って、スカッシュにインラインスケート、パラシュート、飛行機に遅れないようにして、タクシーで少しスケートをして、そのあとでタクシーの運転手とブリーフィングの査定をして、それから一ラウンド、ボウリングして、エクセルの表を突き合わせてチェックするんだ。

第一二場

パウル・ニーマント――錯乱

パウル・ニーマント　私は時々何時間もいなくなる、単にいなくなる、行き先を決めずにいなくなる、会社で会議中に家に帰って暖炉の後ろに隠れた、ベッドの横の床に寝た、それでも必要な書類は読んだし、毎朝時間通りに起きて、電車かタクシーに乗った、自分の車がどこにあるかわからなかった、車はどこかにある、私に関係なくどこかにある、どこだかわからないが、私の車は私に関係なく走り回り、私に関係なく駐車場をさがして、走り回って休まない、私は誰とも目を合わせない、皆の様子を見にちょっと立ち寄り、ここに座り、仕事をして、考える――

これは私の人生ではない、にもかかわらず、私は生きている、私はここでおまえたちのために生きている、おまえたちの人生をより良くするために生きている

今の私には生きることのできない、もうひとつの人生がある、私には時間がないし、着陸に成功したことがないから、もうひとつの人生を生きるのはいつか別の時だ、どこか他所で、私の内部で、今、同時に、思考の中で、たとえ何であろうと、何かを……

もうひとつの人生は、どこかで私に関係なく生きている、どこかで私に関係なく存在し、それ自体で完結して生きている、私が出会うことのないその人生は、私の横を飛び去る時パニックになって私を見る、というのもその人生は巨大な氷の平面を轟音をたてて疾走すると、どこか森に突っ込んで炎上して消えてしまうから、まるで私の全財産を失わせたあのいまいましいトムのいんちきファンドのように。

この数年間、私は何をしていたのか？　もうわからない、妻はいただろうか？　いない、子どもはいただろうか？　いない。セックスは？　たまにしたはずだが、ほとんど記憶に

ない、ただ早く終わったことと、本当に短い絶頂の瞬間の割には費用がかかったことはまだ覚えている、
沈黙、ひそやかなざわめき、寒い、
テレビが私をとても奇妙に見詰めている、何を考えているのだろう？　テレビは私と親しくなろうとしている、私たちが心から仲良くなることを望んでいる、好意を求めている、愛を求めている、私に寄り添いたいらしい、だがごめんだ、私を捕まえるものの傍にはいたくない、私は捕まりたくない、

私はここを出て行く、出て行かねばならない、誰か迎えに来て欲しい、迎えに来てもらうには、どうすればいい？　そこら中で撃ち合っている、そうだ、ひょっとして、ひょっとしたら、私が始めた時、ここにもうひとつの人生があったのでは？　**私はここを出てゆく、出て行かねばならない、やめろ、やめろ、やめろ、出て行け、出て行け、早くここを出て行け。**

（沈黙。）

ここに私はいる
ここで、私の目の前で、世界は解体する
何を見ようと意味はない

すべては個々に砕ける
すべては私の中へ逃げて来る
怯えて逃げ去り叫ぶ人たちを目の前に見て
私は単に
撃つ
顔が砕ける
連中がやっといなくなるのは素晴らしい
やっといなくなる
誰もこいつらを求めてない
誰もこいつらを必要としてない
今までも必要としてなかった
だから安心して去るがいい。

私は血を感じない、人間の血を感じない、私の首から流れ落ちる血を感じない、この銀行の建物の中は死人だらけだ、死者は群れをなして叫んでいるが、もうこれからは叫ばない、私は何も感じない、悲鳴が聞こえる、気持ちいい、こんな覚醒状態は初めてだ、ものすごい臨場感、世界のただなか、その瞬間の感覚、私の肩にもたれかかった人の頭部から流れ出した血を感じる、静かだ、ふう、皆死んで、いなくなった、外に出ると、ドアのところに女がいて、子どもをしっかりと抱いていた、二人を助けようと守衛が走って来た、彼が叫ぶのが聞こえ、息を飲むのが聞こえた、撃つ、脚をめがけて撃つ、背中を撃つ、頭を撃つ、脳髄が床に飛び散る、何か影が動いて、死んだ、女が叫んでいる、死んだ、誰かが私に片足を置いた、死んだ、カメラが私に向けられている、死んだ、皆いなくなった、皆死んだ、すべて静かになった、私は黙っている、私は動かない、**負けた奴がターゲットだ、殺せ殺せ** 私の好きなゲーム——負けた奴を探し出して全員射殺する、マーケットに必要ない奴は退場だ、**負けた奴がターゲットだ、殺せ殺せ** ショッピングセンターを突っ切り、空港のラウンジ、学校の中庭、銀行を通り抜けて、負けた奴を追いつめる私を見る、**負けた奴がターゲットだ、殺せ殺せ** 社会はない、個人しかない、誰もが職を失う不安を抱えている、仕事が好きでもないのに、毎晩帰りたくもない家に帰って、妻の元に帰って、義理の母親から結婚式にもらった猫を窓から放り出す、猫は下水溝で氷漬けになる、こんな猫で下水は一杯だ、どこも、皆一杯だ、そこら中安アパートのすべての階から猫が放り出されて宙を飛ぶ、ほらそこ、聞こえるだろ？ この騒音が聞こえるだろ？ これが地球、空虚で冷たい宇宙を疾走する大地だ、住民は絶え間なく猫を窓から捨てる、何て騒がしいんだ、顔に不安を浮かべて氷に激突する連中が、叫び、電車に乗り遅れ、ぶつかり、ぶっこわれ、まだちゃんと生まれてもないのに横たわり、動かず、かすかに叫ぶ、ほとんど聞こえないほどとてもとてもかすかに、そのすべてが私に聞こえる、耐えられない、耐えられない、宙を飛び、ぶつかって、地面にのびる、テレビをつけると深夜のコマーシャル帯になっていて、腹を引っ込める器具を買わされ、ため込んだ脂肪をラップでパックして汗で流す器具を買わされ、テレホンセックスを見続けて、**すべてふき取れる**完璧なモップを

買わされる、
ロンドン―ベルリン―ブダペスト―ブレーメン―ブレーマーハーフェン―キール、
私の情熱、私のエネルギーは低下した、
私はオフィスの二〇階から飛び降りた、落下しながらゆっくりと凍りつく自分を感じた、
両手両足を伸ばし、顔にはパニックの表情を浮かべ、混乱しながら、氷に向かって落ちた、
下水溝のほかの猫たちの隣に落ち、氷の下で凍りつくと、私たちは固まって横たわり、目と目を見つめながら、誰とも話さなかった、しかし誰もが、自分だけはまだ頑張れると思っていた、少なくとも自分だけは、そんな風に私たちは、何千人も捨てられたまま氷の中に冷凍されて、横たわっていた、動くこともない、何の能力もない、粉飾された決算、氷の下に冷凍されて、実際には使われなかった決算。

スローモーションで徐々に凍る、最後の記憶はこうだ―


夜の廊下。

最後に部屋を出る私。

部屋という部屋は自立して静かに呼吸している、どの部屋も明日を待っている。

スムーズに流れるマネー・フロー、流れる音が聞こえる、空虚で早い流れだ、この部屋の孤独も早い。

世界は非常にゆっくり収縮し、空虚の中を無関心に疾走している、望もうが望むまいが、世界に引きさらわれる、耳も割れんばかりの轟音、私と人間たちと地球との間が裂けた、地球が平らになって崩れ、私に向かって落ちてきたのだ、たった一人で世界の裂け目を落ちる、世界は何にも誰にも興味がないから、真っ暗で空虚な深淵へ他のすべての人間たちとともに引きずりこんでも私のことなど気づきもしない、と知っていても、叫ぶ、私の声は誰の耳にも届かず、私の姿は誰にも見られないのに……

第一三場

子ども——今では僕のまわりは静かになった

子ども　今では僕のまわりは静かになった
もう何も見えない
まっくらだ
夜なんだ
僕は自分の部屋で横になっている
ここには誰もいない
テレビの赤ランプが光っている

ミニバーがブーンと音を立てる
ホテルのウエルカムプログラムのスイッチを入れた方がいいかな
もう二、三本、映画を見た方がいいかな
本物の体験の代わりだけどね
僕はここで一人ぼっちだ
自分のベッド上にぐったりと横になる
僕の妻、今どこにいるのだろう?
いったい僕に妻がいたのか?
わからない
全部忘れてしまった
ここはこんなにも静かだ
僕のコンピュータがひそやかに息をしている
このコンピュータは僕のことをわかっている
僕は僕のことがわからない
だけど、僕がどうすればよいか、コンピュータは正確に知っている
孤独な僕を安心させてくれる
そうだ、システムを維持するために僕が管理する空虚の中で
僕を安心させてくれる
僕はおまえたちに僕の人生を与え、おまえたちは僕の人生から空虚な場所を作る

宇宙を疾走する無感覚、それが僕だ
孤独に耐える不在感、空虚、耐えがたさ
でも僕は非難しない、耐え抜く
もう何も期待しない
僕の道は定められてしまった
僕のことを誰も期待していない
僕の前にはもう人生がない
僕の前に置かれた人生は、何千回も生きられたものだ

第一四場

アウレリウス・グラーゼナップ――奇妙だ、ここは氷の下

アウレリウス・グラーゼナップ　奇妙だ、実に奇妙だ、ここは氷の下だ……私の車が、向かいのパーキングビルで駐車スペースを探しているのが見える、探し回っても全然見つからず、進んだりバックしたり、上の階に行ったり下の階に降りたり繰り返している、奇妙だ、今度は私の車はショッピングしている、テレビと一緒だ、テレビは手あたり次第に物を買っている、人間、地域一帯、絶滅した民族、死体の山、体のゆがんだ小さい子どもたち、ヴェルサーチのシャツを着て、コピー機の横にプーマのバッグを置く幸せな女の子たち、それか

ら私のテレビは日光[16]を沢山買って、私の車に見せている、車は喜び、二人は手に手をとってパーキングビルに戻り、駐車スペースを探し始める、日曜日になるとこの繰り返しだ、車とテレビは一緒に出かけてパーキングビルで停める場所を探すが見つからない、でもショッピングモールで愛を見つけて幸せになる、愛、自由、無限の可能性、インスピレーション、個性、成長、確実性、こういったすべてが見つかるのがショッピングモールです、おっともちろん、日光も見つかります。世界平和と日の光、これで彼らは幸せになる、幸せだ、とってもとっても幸せだ、車とテレビは世界平和を享受する、DVDをちょっととと、高性能誘導爆弾をちょっと買って、買い物かごにおもちゃの小さな人形を入れて、ローマの遺跡とポルノビデオ、アーニーのアクション映画と古い習慣、羽根飾り、癒しマッサージを買って、巨大な墓地と靴、携帯電話の新しい着メロとウガンダ出身の二人のスーパーモデルのぼろぼろの顔半分を買う、ここにあるのはとても素敵なものばかり、すごすぎる、ここには自由、平等、博愛があります、私たち人間は商品の流れを邪魔しています、私たちには故障が多すぎるのです、私たちは、自分たちが造りだした世界に属していません、この世界は私たちのための世界ではないのです、誰か他の人のために作ったのです、しかしいったい誰のためにでしょう？　その答えはご存じですね？　何でもかんでもほめちぎる新聞のためにですね、記事は広告に合わなければなりません、広告のために新聞は刷られているのですから、そうですよ、それから私たちはテレビのためにこの世界を造りました、そしてテレビはもはや私たちを必要とせず、私たちなしでしゃべり続けています、私たちは必要ではないので、いようがいまいが誰も気づきません、私たちが造りだした世界は私たちを必要としていません、私たちがいない方がむしろいいのです、この世界は私たちの最も優れた面を示してくれます、それは今だかつてなかった私たちの姿です、私たちに想定された姿ではありません、というのは私たちと全然関係ないのですから、ああ、私の車を見るのは楽しいですよ、幸せそうに歩行者天国を抜けて、広告の看板に差す日の光を摘み取って、ショッピングして回る私の車、幸せです、モノたちは幸せです、モノたちは生きる幸せをつかむことができる、人間にはできません、それが人間の過ちです、私たちが造った世界は人間のために考え出されたのではありません、何かほかのもの、たぶんテレビか、ひょっとしたらたくさんの素敵な監視カメラのために考え出されたのです、監視カメラは私たち全員が死んでしまう前に世界中に取り付けられました、今やスムーズに映像を送ってきます、ここは本当に素晴らしい、邪魔になるものは全部片付けます、具合の悪いものは切り捨てられます、監視カメラが世界を見張り、映像を私のテレビに送ります、テレビは監視映像を私の車に見せるので、車はまったく安心してパーキングビルに出掛けます、車は少しも急ぎません、駐車スペースを見つけるまで、二〇〇〇年でも待てます、そんなの車には大したことじゃありませんから、ひょっとして私たちはこの世界を本当に監視カメラのために作ったのかもしれませんね、カメラの映す映像は私たちには関係なくて、美しい送信フォーマットだけが美しいテレビのために配信されているからです、あるいは、何か全然別のもののために配信されているのかもしれません、何かもっと美しいもののためでしょうか？　もっと美しいものが来る日も近いのかもしれません、ある日テレビよりずっと美しいものがやってくるのです、それはイエス自身かもしれません、その時車はイエスを買い物かごに入れ、テレビはイエスを世界の最高権力者にできるわけです、だって世界に人間はもう存在しないのですから、存在するのはモノたちだけです、そしてモノたちは皆幸せになり、イエスにブラボーの歓声と拍手を送ります、イエスは世界をあらゆる悪から解放し、暗黒の世に光を創り、すべてを明るく照らし出すでしょう、私たちのカメラにとって暗すぎて映らないシミなんかこの世界には一つもなくなります、私たちのテレビは実に幸せになるでしょう、実に実に幸せになるでしょう、私たちの車は走り回り、日の光を買い、幸せと自由と愛の歌を歌い、テレビの中をイエスと一緒に行進し、世界平和のために拍手するでしょう、どうです素晴らしいじゃないですか、素敵じゃないですか、美しいじゃないですか、これは私たちの世界じゃありえません、モノだけがこの美しさを手に入れたのです、人間は美しさに値したことがない、というのも人間は美しさを認めないからです、人間は自分の造った世界の価値を全く認めない、人間は美しさに値したことがない、いつもわきを通り過ぎてしまう、車はちがいますよ、車はきちんと停まります、そして時間をとってイエスとテレビの中を進み、日の光を買うと、小さな声で歌い出します、それはこの世界に在ることの幸せと愛の歌です。

（雪が降る、最後のモノローグの間に俳優たちは凍ってゆく。子どもは、ホテルのラウンジに最後まで残っている客のように、書類の横のデスクに寄りかかってウィスキーを飲む。）

注

（1）ドイツ語のニーマント（niemand）は英語のノーバディ（nobody）に相当する。
（2）注一に同じ。ミスター・ノーバディはパウル・ニーマントのことである。
（3）企業活動の根幹となる価値基準や経営の基本的理念を指すマーケティング用語。
（4）軍隊での新兵訓練基地のこと。
（5）自己管理能力、自立性、リーダーシップなどコミュニケーション・スキルにおける個人の資質に関するスキルの総称。
（6）最終損益、決算。
（7）廉価品を販売するスーパーマーケット。
（8）いずれもテレビ番組。
（9）世界各国に展開するアバディーン投資顧問株式会社（Aberdeen Asset Management）。
（10）娯楽番組中心のテレビ局。
（11）ジャガイモを煮て裏ごししたもの。
（12）スヴェン・ザウターの俳句詩より。
（13）一九六三年に設立された企業コンサルティング・グループ。
（14）アグレッシブ・インライン・スケーティングとも呼ばれる競技。競技用のインラインスケート（ローラースケート）ブーツをはいて、半円筒形のU字型の壁の両側でジャンプやグラインドを行い、技の難易度やスタイルを競う。
（15）競技用カヌー。
（16）日光（ゾンネンシャイン）はカール・ゾンネンシャインの姓でもある。

複製技術時代における性、愛、貨幣

ベルント・シュテーゲマン　新野守広訳

一　性、あるいは『崩れたバランス』

インターネットの発達にともない、性的なコミュニケーションに特別な種類が現われた。パートナー市場[1]、デートサイト、チャットルームをはじめ、ファンタジーに満ちた様々なフォーラムがネット上にあふれている。新しいメディアが可能にしたこれらの双方向的な出会いを演劇が戦略的に利用しない手はない。よく用いられる戦略には、舞台で対話を行う際に俳優の身体を出さずにヴァーチャル・リアリティで表現するやり方がある。また、これから舞台で示そうとする状況をネット上のコミュニケーションで先回りして見せるやり方も可能性がある。例えばイーゴル・バウアージーマの『ノルウェイ．トゥデイ』[2]や、ファルク・リヒターの『崩れたバランス』の中心的なエピソードがその典型的な例だ。

『崩れたバランス』には、出会い系サイトで知り合った二人の男が、お互いの姿を初めて見る場面がある。この場面のポイントは、片方の男の実際の容姿が、サイトに載せた写真や紹介文と全然似ていない点にある。だまされたのはゲイロメオと名乗る男だ。しかしこの日はクリスマスイブで、しかもすでに夜遅いため、彼は目の前に現れた男をチェンジせず、セックスの満足を得る可能性を探る。そのためこれに続く話し合いは、「楽しみたいだけ、それだけだから」という単純な目標に向けての入り組んだ交渉になる。一方、偽の写真を見せて現れたパウルは、明らかに分が悪い。パウルの実際の容姿は彼自身の市場価値を大幅に下げてしまった。そのためパウルは、ゲイロメオが「楽しむ」ために突き付ける様々な要求を飲まざるを得ない。こういう時の大前提は、精神的な繋がりを絶対に持たないことだが、激しい固執と仰々しい正当化を通して、ゲイロメオ自身の強迫観念が正体をあらわす。ここで逆説的な状況が生じる。ただ「楽しみたい」ために出会った二人の男のうち、一方のゲイロメオは幻滅し、他方のパウルは相手の容貌に性的興奮を覚える。幻滅したゲイロメオは、面倒な条件を出していかなる接触をも避けようとするが、パウルは性的興奮を満たすためなら何でもしようとする。パウルは裸になり、いわばゲイロメオの鑑定を受けるが、その結果は彼にとって都合のよいものではない。この戯曲の原則は「バランスを崩す」ことであるため、ここで異なる筋立てが挿入され、シーンは中断される。この場面が再開すると、ゲイロメオによって「やめたっていいんだよ」と決断が下される。インターネット上に掲載された写真と実際の容貌とのギャップが、ゲイロメオがパウルを受け入れる可能性を妨げている。ゲイロメオにしてみれば、がっかりなセックスよりもセックスしないほうが余程好ましい。パウルも、容貌のチェックが長引くために性交能力に問題が生じる。このように入り組んだ話し合いの後、最終的にゲイロメオはパウルを拒む。それでもパウルは、性的な誘惑の失敗を、プライベートな親密さに置き換えようと試みる。彼は「超一流」のゲイロメオの容姿と自分との落差を、真の関係を持つことによって解消してしまいたい。そこで「僕は友達が必要だから」と、ゲイロメオに友情を強要する。強要は実際に暴力としてふるわれる。ゲイロメオを殴り倒し、縛り、友情を強いる。言って欲しかった言葉を、彼の口に無理やり押し込む。強制された友情は、いつもそうだが、人間関係の孤独な演出である。ネット上の写真に代わって、今や縛られて血を流しているゲイロメオが、パウルの目の前にいる。ゲイロメオは、パウルのファンタジーが生み出した死せる人形に等しい。

近世以降のヨーロッパでは、性的なコミュニケーションは社会のコミュニケーション・メディアと並行して発展した。[1] 初期における誘惑者は、礼儀作法と教養を心得たレトリックに巧みな人物であった。女性を誘惑する企てが成功するか失敗するかは、様々な修辞的手段を駆使する誘惑者の繊細さにかかっていた。ティルソ・デ・モリーナ、モリエール、ダ・ポンテが描く誘惑者ドン・ファン(3)は、その古典的な例である。

続いて市民的主体が登場すると、誘惑の状況は一変する。誘惑の規則は誘惑者同様疑わしくなり、誘惑者の位置に市民的主体が来る。市民的主体は、自身の内面を真実かつ理解可能なものとして伝えるという困難な条件を抱えている。この条件の下では、誘惑のレトリックを使うことはできない。個人的な事柄に一般的な表現を使っても、唯一の存在としての自己表現にはほとんど役に立たないからである。また市民的主体は、唯一ではあるが理解不可能な私的表現に陥ってはならない。心、感情、すなわち自身の唯一性は、理解可能で、かつ真実であるように表現されねばならない。市民は自分で自分の感情に、いわば注釈を加えねばならないのである。正直さを強く強調すると、他人の目にその正直さへの疑いを引き起こすだろうし、あまりに良くできた愛の表現を使うと、まるでドン・ファンを気取る誘惑者に見えてしまう。そこで、「ああ」というため息、言葉では表現できないものが、この時代の決まり文句になった。愛は情熱《パッション》になったのである。というのも愛する者の感情が自分自身に強いて相手への愛の告白を行わせる場合にのみ、愛は信頼に足るものとなり、相手を誘惑して自分を愛させる事態が実現するからである。このような主観的な感情の経済が自家中毒的に高まったあげく、報われない愛のため自殺する不幸な結果を生むことも稀ではなかった。

今日では愛する者たちは過大な要求に直面している。いわゆるロマン派の愛が標準になったからである。文化産業は愛のエクスタシーを製品化し、感情の商品として販売するようになった(11)。このため今では誰でも映画の主人公のような感情を体験することを望んでいる。本来感情は一人ひとりに応じて異なるのに、誰もが愛を情熱として体験しようとするのだ。しかしよく考えてみると、誰もがマラソンを完走できないことは明らかなのに、こと感情に関しては誰でも映画の主人公のように感じることができると思ってしまう。つまり真実の情熱という外観にもとづいてきた誘惑は、新しい段階に入ったのだ。今日の文化産業は、真実の感情のお手本を製品化するだけではない。私たちの生活上の真実の瞬間の可能性を、愛のディナー、旅行、花束、詩集などの形で提供するのである。今日ではレトリックに熟達した誘惑者はすたれたが、ロマン派的な記号が過剰に提供されるようになり、さらに記号を強要することすら標準化されてしまった。

ファルク・リヒターの『崩れたバランス』が描くのは、まさにこのような事態である。そこでは愛が強要されるあまり、プライベートな人間関係のバランスが広範囲に崩れている。作家はクリスマスイブを選んでいるが、人間的なものへの期待が積み重なるこの日は、文化産業が真実の瞬間のプレゼントをインフレ気味に提供する一日である。戯曲では、大量生産される真実の瞬間に並行してインターネット上のヴァーチャルな誘惑空間が挿入され、対人関係が物象化される事態が浮き彫りにされている。物象化された他者は、自分の欲望を投影するキャンバスにすぎない。無数のサイトをサーフィンするネットユーザーの心に浮かぶ幻影は、サイトの背後に隠れている生身の人間といかなる関係もない。出会い系サイトの写真と紹介文の背後には、マーケットの規則に合わせて自分の姿を適当にでっちあげる人間が隠れている。そこでは他者の知覚と自己表現は決して交わらない。ネットを通しての出会いは、求める者と求められる者との間に深い断絶を生む。出会いを求める者の孤独なファンタジーは、サイトの写真と紹介文から他者の幻影を紡ぎ出すが、二重の自己疎外によってこの幻影は他者とは何の関係もないものになる。自己疎外はまず、サイトに登録する際の物象化と様式化によって引き起こされる。物象化の過程で自己は無限の自己イメージから遠ざかり、セックスの欲望の対象として様式化される。このように登録された情報を見て刺激されるユーザーの性的想像は、第二の自己疎外である。生活とのいかなる接点もないまま、固有のロジックにしたがって、実際の出会いを考慮しない幻影が膨らんでいく。パウルとゲイロメオの場面で表現される幻滅は、メディアが媒介することのような出会いの中に構造的に書き込まれているものだ。ヴァーチャルなセックスマーケットの時代に入った今日、真の人間は原理的に幻滅する以外にありえないのである。

二　愛、あるいは『例外状態[4]』

一組の男女が幸せな生活を送っている。子供が一人いて、柵に囲まれた安全で快適な住宅地に住んでいる二人は、人生における成功者である。趣味と余暇も充実している。社会生活上の付き合いにはいかなる不愉快な事態も生じない。というのも、ここに住んでいる住人は、二人と同様に選ばれた幸せな人々だからだ。不愉快な連中は、柵の外側に暮らしている。誰も外に出たいと思わないし、外出したくもない。

しかしこの男女は、「例外状態」にいる。二人は不安に苦しむあまり、お互いをさいなみ合っているのだ。二人を苦しめているのは、ゲーテッドコミュニティ[5]という消費空間から落ちこぼれ、追い出されてしまうのではないかという不安である。二人の現在の生活はブルジョワ生活の夢の実現だ。内部は安全で快適であり、未知の外部から守られている。

「例外状態」という言葉ほど国家的規模の不安に駆られるドイツ語は他にない。おそらくこの不安は、主権者を例外状態の決定者として定義した政治学者カール・シュミットから来ているが[III]、言葉自体にも矛盾があり、それが不安を引き起こす一因にもなっている。つまり、そもそも例外(Ausnahme《アウスナーメ》)が規則の破棄であり、ある時点における出来事である限り、状態(Zustand《ツーシュタント》)とは結びつかないはずだ。ところが例外状態(Ausnahmezustand)である戒厳令は、例外を規則として確定し状態とするために効力を発する。しかもこれを決定する暴力を持つ者は、法律の妥当する領域をはるかに凌駕する立場に立って行動する。例外状態は発効の瞬間に法律自体を作る特別な越境行為である。なぜなら例外状態は、法律の有効性を脅かす事態から法律を守るために、法的観点から必要になるからだ。ところがこの時、守られるべき法律は無効になる。ヘーゲルなら、法は守られるためには止揚されねばならない、と言うだろう。

法律とその例外状態との境界は、現代のシステムのあらゆる境界設定の反復である。自己と環界を区分する差異に基づいて、システムは自己形成する。システムの環界からの差異化が完成するとき、自己と他者が生まれる。これは二重性を特徴としている――自己は環界から自らを区分することで、環界を他者として構成する。この他者を特定の他者として認識するときにのみ、自己は環界の観察が可能になる。公正と不正を区分するとき、法システムが人間の振舞いを観察するようになるのは、その例である。街角で恋人同士がキスをしていても、それがわき見運転などの事故を誘発しない限り、法にとってキスは観察の対象にならない。しかし善と悪という区分にとっては、事態は異なったものになる。人前でキスすることがいやでも目に飛び込んでくるような善悪の区分は存在する。区分には若者／年寄り、内部／外部、社会主義的／資本主義的など様々なものがある。これらの区分がそれぞれ観察される対象を他者として生みだし、それに応じて環界を構成する。

内部と外部の区分は、現代社会の中心的なパラダイムになっている。現代では社会性を維持するためには、内部性を充実させ、外部性を減ずる必要がある。出来る限り多くの人々に教養や衣食住、医療の機会が提供されるのはそのためだ。しかし同時にこの区分は、外部を締め出してしまう。世界の一般的な状態は、内部への帰属性と外部の排除とのシステマティックなパッチワークとして記述できる。自家用車を所有しているがゴルフはしないとか、子供はいるが株はやらないとか、郊外に家を持っているが賃貸しているとか、記述には様々なヴァリエーションがある。現代社会は生活領域全般の様々な境界が小さくなるように発展してきたため、個人の人生設計の柔軟性が高まった。同時に、雇用者、生活関連法、国家といった制度的な拘束力は弱まり、離婚、核家族化、シングル化が進んだ。現代に生きる人間はあらゆる義務や拘束から逃れようとするが、人生設計に必要なシステムから排除されることには極度の不安を覚えている。

内部と外部の区分は、現代人の自己記述の決定的な要素だ。内部に存在する者のみが人間的な生活を送ることができる。人間存在は内部への帰属性を通して定義されるからだ。システムから落ちこぼれると内部に帰属しなくなり、外部に締め出されてしまうかもしれない。このような不安は集団全体で共有される。ここに内部と外部の境界を絶え間なく検証し、自分の帰属性を確認することで自分の存在を確かめようとする衝動が形成される。アガンベンの再定式化によれば[IV]、ホモ・サケルは人間としての存在を失った人間である。ホモ・サケルは境界の間違った側に生きているばかりでなく、彼にとって境界自体がいかなるリアリティも持たない。だからホモ・サケルは、そもそも自分にとって存在しない境界の正しい側に移る希望など持ちようもない。ホモ・サケルのような人間は、境界と法で構成されている人間的な連関からこぼれ落ちている。

例外状態には、境界が解体して帰属性が消えてしまう不安が宣言されている。日々新たに境界を引き直して存在の主張を確かめることができるほどの力を持たない者は、内部への帰属性を失う。境界を維持するエネルギーが消えていくほど、さらにまた取り込みと排除を行う境界の機能が重要になればなるほど、崩壊の瞬間が近づくように思われ、不安なイメージの喚起が避けられなくなる。内部で生活する人間は、境界の機能が重要になればなるほど、境界が排除した他者に対する防壁を日々維持するために消耗する。これを政治的に処理して均衡を得るためには、内部にとどまる可能性を期待させつつ排除機構を先鋭化しなければならない。そのためこの状態を恒常的に維持する試みが行われる。均衡のバランスが失われると、帰属性を求める感情がヒステリーを起こす。その結果は例外状態へと帰結するだろう。境界は止揚されることで、かろうじて維持される。例外状態に生きる人間の状況は、現状を維持する闘いとなるだろう。外部を拒絶することが、彼の行動を決める要因となる。外部は、それに先立つ排除によって生じている。正確に境界を引いて外部を排除する作業は神経を使う。この作業は病的であり、異質であり、あらかじめ予測が成り立たない。したがって例外状態におけるコミュニケーションは、他者に向けられた悪意と自身に向けられた無限の心配によって構成されることになる。アガンベンは、西側諸国の政府は例外状態を政治の日常にしてしまったというテーゼを立てている[V]。このように政府の努力で内部化された市民は、外部を排除する作業と自己イメージとが密接に絡み合うあまり、規則の停止が内破を引き起こす危険に常にさらされていないだろうか。つまり市民は個人的な例外状態に陥っていないだろうか。

三　貨幣、あるいは『氷の下』

『氷の下』は、二〇〇三年から〇四年のシーズンにファルク・リヒターがベルリンのシャウビューネ劇場で行った「システム」という催し物の一環として上演された。あらゆるシステムと同様、この催し物には特別な機能が与えられた。現代に生きる演劇人が現代について語ろうとするとき、無知から出発するという課題である。リヒターは「システム」のコンセプトを、「僕はそれを知らない、実際知らないんだ」という文章で始めている。見通しの効かない多様な現象の背後にある「実際の」理由と原因を探すのが、「システム」という催し物の目標だった。著名なシステム学者であるニクラス・ルーマンは八〇年代の著作の中で、現実の探究と平行して、システム理論の認識の独自かつ詩的な再定式化を試みる芸術があっても良いのではないかと語っている。九〇年代以降、ルーマンの思想にインスピレーションを得て作家活動を行ったライナルト・ゲッツ(6)は、ルーマンの希望を体現した最初の作家だった。残念ながらルーマンは一九九八年に亡くなったため、リヒターの「システム」を体験することはできなかったが、もし生きていたら、現実としての演劇を観察しつつ創出するシステムの自覚化をめざす『氷の下』の再定式化がきっと気に入っただろう。

『氷の下』には、三人の企業コンサルタントが登場する。三人が抱く自分の職業についての感情はそれぞれ異なっている。企業コンサルタントという職業は、システム理論の応用に理想的である。

システム理論は、複数のシステムが存在するという前提から出発する。[VI] 複雑な構造を可能にするために、システムは環界に対して自己を閉ざす。例えば社会主義はシステム理論では次のように説明される。十八世紀以降に科学技術が発展した理由は、物理学の実験が実験上の基準のもとでのみ観察され、道徳の問題や個人の趣味、美的判断、法律といった基準では観察されなかった点に求められる。一方政治システムは、その反作用として適応されなかった基準を問い直し、物理学の実験が善か悪かを決める区分に影響を与えた。しかし政治システム自体は、実験の物理学上の価値や実験の成功と失敗に影響を与えることはできない。法律、科学、政治、宗教、性的関係を含む家族、経済といった個々のシステムは、徹底して互いに孤立していたからである。社会主義はこのような孤立化を否定的に判断し、「疎外」と名付け、システム間の境界を破壊することで止揚されねばならないとした。資本と労働、言いかえれば生産手段と生産力を区分する境界を止揚するのが、社会主義の最優先目標となったのである。

システム理論のすぐれたところは、各システム同士が観察し合い、互いの盲点を相互に批判し合う可能性を指摘した点にある。例えば宗教は社会主義的な区分に対して、次のように言うことができる——人間を神の子とは考えない社会主義には、神の愛やキリスト教的な徳を施す代わりに、私有財産の没収、再分配、再教育といった目的合理的な行為を実施して、神の恩賜を宗教に先回りして実現しようとする不遜な意図がある——。このような観点から見ると、企業を外部から観察しながら内部の状態を分析して定式化する企業コンサルタントは、システム理論の実地例と言える。優秀なコンサルタントは企業にとって、その経済活動全域の盲点を指摘し、潜在的な構造を明らかにしてくれる神の目のような存在である。進化の過程にあるシステムとしての企業人は、人生全般の嘘（心理療法的システム）、罪（宗教）、気まぐれ（家族内の性関係や愛）、教養の不足（学問と学校）、病気（医学）を痛みとともに意識化しなければならない。経済システムで活動する企業は、利益と損失を厳格に区別するマーケットを行動の主な基準とする一方で、企業コンサルタントという一種の警報システムを作り上げたのである。

『氷の下』に登場する三人のコンサルタントのなかで、パウル・ニーマントは最年長者だ。その彼が子供時代の思い出から話し出すのには驚かされる。ニーマントの父親は、荒涼とした滑走路で飛行機を誘導する仕事をしていた。子供の目にも惨めなほど働きづくめだった父親の姿が語り出される。父親と対照的に、母親は彼にとってほとんど重要ではない。しかし思い出の中の二人には、子供を見ないし聴きもしないという姿勢が共通している。二人は

氷の下に凍りついている
しかたなく息子を一人つくった、
私を愛していない、だから私はいつも駆け走り探し見回し倒れ落ち崩れ叫ぶ。(7)

冷たい感情の両親、言いかえれば、親としての役割はきちんと果たさなければならないと信じているだけの両親は、子供の側に見えない存在、つまり存在しない存在という自己意識を生む。子供の自我には、ぽっかり開いた裂け目がある。この子供は誰かに守られている原初的な感覚や、疑いなく存在している根拠の基盤を持たないため、癒やし難い裂け目を埋める活動を開始する。愛されない子供の自己像に生じた痛ましい裂け目は、目的のない神経症エネルギーの出発点となる。パウル・ニーマ

ントがその疾走と落下に費やすエネルギー量は、神経症エネルギーから供給される。このエネルギーは還流せず、満たされることを知らないため、大量かつ無限だ。妄想に追い立てられた神経症患者は、救済の途上で焼き尽くされるまで走り回るのをやめない。逃避の道筋で出会う他人の満たされた人生すべてを、神経症エネルギーは破壊しようとする。他人が愛していると彼に思えるすべてのものを、彼は殺害する。

このようなパウル・ニーマントが企業コンサルタントになったことは、他人もろとも自分の人生を破壊しようとする悪魔的な計画に思える。ニーマントの同僚の若い二人のコンサルタントは、コンサルタント業の教義を血肉に吸収したお手本である。この二人のエネルギーは、ニーマントの神経症エネルギーとは対照的に、ヒステリー患者のものだ。二人の語りが描く曲線は、恒常的に高まり、飛躍する。二人の語りは、語られる内容に対しても、語りかける対象に対しても、この曲線を通して距離を生む。二人は自分たちの語りを自己満足の完成と考えている。つまりこの語りにはパートナーがいない。そこにはいかなるテーマも、いかなる愛もなく、自分が存在していることを感じるためにだけ語られるのだ。二人はコンサルタントを自己満足と理解している。システマティックに理解された観察と記述に基づくものではない。

三人のコンサルタントは、自分たちの課題の根本的な再評価を行った。最年長者のニーマントは面接中に、自己破壊と他者破壊のシンクロナイズを試みた。若い二人はナルシシズムの牢獄から出てこない。興奮を繰り返しながら、自己解体に至る過程を加速している。企業コンサルタントの機能が三人の特性を挑発したのだろうか、それとも逆に、神経症的な特徴を持つ人間がこの職業に就いたためにこのような事態が生じたのだろうか。この問いに『氷の下』は答えを与えていない。

最後に登場する四番目の人物は、九歳から十三歳くらいの青年期前の子供だ。子供はパウル・ニーマントと部分的に台詞が重なる。同じ背広を着ており、彼の子供時代の分身として登場する。この子供は、コンサルタントの企業構造に完璧に順応している。中年のパウル・ニーマントには期待すらできない最高の未来が約束されている。若い分身の完璧さと対照的に、中年男の人生は解雇ポルノの刺激に流される。ホテルと空港と会議に閉じ込められたパウル・ニーマントの生活の猥雑さを算出すると、彼が一人解雇するたびに株価が「一人当たり〇・〇〇〇〇〇七八九パーセント上昇する」(8)計算になる。

言うまでもなくこれら四人のコンサルタントこそ、コンサルティングを受ける必要がある。宗教的コンサルティングでも、心理療法でも、性的コンサルティングでも、なんでも構わない。四人はエクセルの表やコア・バリュー(9)などのマーケティング用語を使うだけで、世界を救済する神でも何でもない。それなのに、なぜコンサルタントという職業にこれほど重きが置かれるのだろう。この問いに対する答えは、カール・ゾンネンシャインのモノローグに隠されている。ゾンネンシャインは、コンサルタント同士の相互監視機構と、効率的に仕事ができなくなった同僚の早急な退職勧告について極めてパラノイア的に語った後、国家が支出する莫大な補助金について語りだし、炭鉱労働者一人当たりに支出する年間十万ユーロの金額を直接労働者に手渡せば、その方が簡単だし、労働者が炭鉱で働いて体を壊すこともないし、自然環境のためにも良いではないか、と問いかける。さらに彼は、センセーショナルなマスコミや気まぐれな有権者の判断を気にしてロビー活動に依存する政治家は、根本的な判断ができない無能で未熟者だから、そもそも政治家を政治判断の最終審級に据えておくのはおかしいのでは、と悪魔の誘いを語る。実際この問いかけは、大衆民主主義に代わる政治決定の新しい仕組みを求める欲求を表している。
そのような新しい仕組みが生まれるとしたら、システム理論を身につけた観察者は、決定機構の重要な構成要素になるだろう。ところが『氷の下』に登場するコンサルタントたちは、グロテスクな戯画以外の何ものでもない。自分自身とその関心領域のみに閉じこもり、世界をエクセルの表と手前勝手な用語のなかに矮小化するだけだ。人間は神ではない。世界は不完全なものだ。すべてを決定する究極の差異化を標榜するシステムは、神に対する人間の傲慢さ以外の何ものでもなく、悲劇を生むだけである。コンサルタントの課題は、現行の経済システムを決定する利益と損失の区分には盲点が存在することを指摘することではないか。コンサルタントがこの課題を遂行できないなら、近現代《モデルネ》における他のシステムがこの機能を引き受けなければならない。それこそまさに芸術ではないだろうか。

（本論の第二章はベルリン・シャウビューネ劇場で初演された『例外状態』のプログラムに、また第三章はルール・トリエンナーレで初演されたオペラ版『氷の下』のプログラムにそれぞれ掲載された文章に基づいている。）

原注

（Ⅰ）Niklas Luhmann "Liebe als Passion" Frankfurt/M 1982.（ニクラス・ルーマン著『情熱としての愛』佐藤勉、村中知子訳、木鐸社）。

（Ⅱ）Eva Illouz "Der Konsum der Romantik" Frankfurt/M 2007 und "Gefühle in Zeiten des Kapitalismus" Frankfurt/M 2006.

（Ⅲ）Karl Schmitt "Politische Theologie" Berlin 1996 (1. Auflage 1922).（カール・シュミット著『危機の政治理論』長尾龍一他訳、ダイヤモンド社）。

（Ⅳ）Giorgio Agamben "Homo sacer" Frankfurt/M 2007.（ジョルジョ・アガンベン著『ホモ・サケル』高桑和巳訳、以文社）。

（Ⅴ）Giorgio Agamben "Ausnahmezustand" Frankfurt/M 2006.（ジョルジョ・アガンベン著『例外状態』上村忠男、中村勝己訳、未来社）。

（Ⅵ）Niklas Luhmann "Soziale Systeme" Frankfurt/M 1984.（ニクラス・ルーマン著『社会システム理論』佐藤勉監訳、恒星社厚生閣）。

訳注

（1）Partnerbörse 会員登録制の出会い系サイト。

（2）イーゴル・バウアージーマ著『ノルウェイ．トゥデイ』萩原健訳、論創社。

（3）モリーナの戯曲『セヴィーリャの色事師と石の招客』、モリエールの喜劇『ドン・ジュアン』、ダ・ポンテによるモーツァルトの歌劇『ドン・ジョヴァンニ』の台本を参照。なお、イタリア語ではドン・ジョヴァンニ、フランス語ではドン・ジュアンと表記されるが、ここではスペイン語のドン・ファンに統一する。

（4）Ausnahmezustand 戒厳令下における非常事態などの例外的な状態を表すドイツ語。リヒターの戯曲の題名でもある。英訳の題名は『非常事態（State of Emergencies）』（Oberon Books, 2009）だが、本書ではドイツ語のニュアンスを伝えるため『例外状態』と訳した。
（5）Gated Community 柵やゲートを設けたり、警備員を雇ったりして、外部との交通を制限している地域。
（6）Rainald Goetz 一九五四年生まれの作家。邦訳に『ジェフ・クーンズ』（初見基訳、論創社）がある。
（7）本書一五〇ページ。
（8）本書一八六ページ。
（9）『氷の下』注三参照。

戦争とメディアの時代に演劇は何ができるか

新野守広

ファルク・リヒターは一九六九年にハンブルクで生まれた。ハンブルク大学で演出を学んだ後、チューリヒ劇場とベルリン・シャウビューネ劇場の演出部を経て、現在はフリーの作家兼演出家としてドイツ語圏各地の劇場で活躍している。オペラの演出も行っており、〇八年春の「東京のオペラの森」では『エフゲニー・オネーギン』（チャイコフスキー作曲、小澤征爾指揮）を手掛けた。彼の戯曲『エレクトロニック・シティ』には邦訳があり、(1)〇五年三月にシアタートラム（東京）でリーディング公演が行なわれている（岡田利規演出）。

九〇年以降の戦争とメディアの時代に、リヒターは演劇の可能性を追求してきた。クラブカルチャー世代の感覚で書かれた初期の作品は、流れるような会話体のリズムを持つ。政治的な主張はけっして声高にしないが、それぞれの作品は時代に向かい合い、社会と人間の関係を正面から問う。

彼のこれまでの活動とその魅力をまとめてみよう。

一　メディア社会のリアリティ

劇作と演出とが分業体制を取っているドイツ語圏では、作家と演出家を兼ねる演劇人はジョージ・タボーリらの少数の例外を除いて、これまでほとんどいなかった。現在この少数派には、リヒターをはじめ、ルネ・ポレシュ、アルミン・ペトラス（劇作家としてのペンネームはフリッツ・カーター）といった、鋭い社会意識を表現の核心にすえる中堅の演劇人が登場している。(2)劇作家は劇作に、演出家は演出に専念するのが通例の演劇界で、彼らは自らの手で戯曲を書き、稽古場に通って演出する。このような作家兼演出家の周囲には、自然とその活動を支持し理解する俳優、スタッフが集まり、いわば一種の劇団のような雰囲気が生まれる。リヒターの場合も例外ではない。

一九九四年、まだ無名のリヒターはハンブルクで、一種のモノローグドラマ『ポートレート。イメージ。コンセプト。(3)』を上演した。テクストは自分で書き、演出も自ら行い、登場するのは大学時代からの演劇仲間である女優ビビアナ・ベクラウのみ。テクストはベクラウとの共同作業の所産でもあった。彼女はその後のリヒターの舞台に欠かせない存在になる。

『ポートレート。イメージ。コンセプト。』は三場から出来ている。第一場では若い女性が現れ、奇妙な番組に出演した体験を話し出す――テレビ局から司会を依頼されてスタジオに入ったところ、台本なしに二〇分間一人でしゃべって欲しいと言われて驚いた。アドリブで話すレポーターを生中継するのが番組のコンセプトで、さらに全体を編集して映画にするため、驚く自分をカメラが撮り始めた……。第二場で彼女は、この台本なしの生中継を行う。話し始めるや否や言葉に詰まってしまう彼女は、いかにも口から出まかせに、近所のデパートで買った金魚や、マドンナの出産、四〇歳になるマイケル・ジャクソン、付き合っている彼のことなどを早口で語る。第三場では、撮影中のカメラを前にした時に感じる「本物」の感情について語りながら、第一場の台詞に戻って終わる。

彼女はモニターに映った自分の映像を見て、他人を見ているような離人症的な感覚におそわれる。そして自分を映像と一致させるうちに、自分が消去される快感を覚える。「本物」であることは「引用」であり、「消去」されることに等しい。このような複製感覚を会話体で伝えるところに、この作品の魅力がある。他人のイメージを身につける複製の生の喜びと、リモコンのスイッチを回された瞬間に迎える死の恐怖とを通して、映像メディアで育った世代の自画像が戯画的に描かれている。

『ポートレート。イメージ。コンセプト。』は演劇人の注目を集めた。ドイツ語圏の演劇はエンターテインメントとは一線を画し、古典作家を上演する傾向が強い。その際ポイントとなるのは、演出家が古典をどのように解釈するかである。解釈はリベラルな現代社会の文化的証左と考えられているからだ。一般に演出家の演劇と呼ばれるこの傾向は、六〇年代後半に登場したペーター・シュタインやクラウス・パイマンら演出家の強いリーダーシップと、ドイツの過去を正面から見据えようとした学生運動世代の機運によって演劇の主流になった。その結果、ペーター・ハントケやボート・シュトラウスらこの世代を同伴する作家へ関心が集中し、とくに八〇年代以降、メディア社会の現実感を表現する劇作家の戯曲が上演されにくくなった。野田秀樹や鴻上尚史、ケラリーノ・サンドロヴィッチらが登場した日本の小劇場とは異なる演劇環境である。『ポートレート。イメージ。コンセプト。』の制作助手をしていたカトリン・ウルマンは、九〇年代半ばの状況を次のように書いている。

ファルク・リヒターは自分でテクストを書いて自分で演出したが、これは当時珍しいことだった。演出家アルミン・ペトラス（劇作家としてのペンネームはフリッツ・カーター）やルネ・ポレシュの影響は、まだ現在ほど強くなかった。この頃リヒターのようにハンブルク大学で演劇の演出を学ぶ場合、むしろ古典作家を演出するのが普通だった。この点で『ポートレート。イメージ。コンセプト。』は珍しく、かつ当惑させられた。というのもリヒターの戯曲は、従来とは異質の舞台テクストだったからである。彼自身はこう言っていた――僕の戯曲は、自分たちの日常生活とヴァーチャルなリアリティに正面から向き合うテクストだ。(4)

スタンダードな演劇教育を受けたウルマンは、語り手が突然金魚やマドンナの話をして本筋から脱線していくリヒターのテクストに当惑を感じた。駆け出しの演出家は古典作家の演出からスタートしてキャリアを積んでいくのが一般的な演劇環境では、一見プライベートなおしゃべりが延々と続くテクストを書き、しかもそれを仲間と一緒に自分で演出までしてしまう劇作家の存在は、珍しかったのである。しかし彼女はすぐに、「自分たちの日常生活とヴァーチャルなリアリティに正面から向き合うテクスト」に惹かれることになった。

二　新自由主義と戦争への怒り

その後リヒターは『ポートレート。イメージ。コンセプト。』のモチーフを発展させて『セクション』、『カルト――究極のショー』という二つのテクストを書き、三作合わせて『カルト――ヴァーチャル世代のための物語』と名付けて、九六年にデュッセルドルフ劇場で自ら演出した。九七年にはハロルド・ピンター作『灰から灰へ』(ハンブルク・カンプナーゲル)、マーティン・クリンプ作『アテンプツ・オン・ハー・ライフ』(アムステルダム)の演出も行っている。

九〇年代後半のドイツ語圏では、サラ・ケイン、マーク・レイヴンヒル、デイヴィッド・ハロワーらイギリスの劇作家たちが次々に紹介された。八〇年代のサッチャー政権下の新自由主義政策時代に育ったイギリスの劇作家たちの戯曲には、自助努力を強要する資本主義からはじき出され、社会の周辺で生きる若者たちが登場する。このようなイギリスの社会批判劇に共感を抱いたリヒターは、九九年に男女二人だけの会話で構成された『神様はＤＪ』を書き、マインツ劇場で自ら演出した。ＤＪの機材が置かれた舞台で一組の男女がライブ感覚で様々な話題をしゃべり続ける。リヒターは書いている──「……技術化が進み、監視され、常時接続され、完全に市場化された空間での恋愛物語。すべての矛盾に耐え、与えられた可能性を商業的だけでなく芸術的に利用するのが、この時代を生きる道になりえるのではないか。[5]」

反戦的なリヒターの姿勢は、二〇〇〇年にベルリン・シャウビューネ劇場で演出した自作『ピース』にはっきりうかがえる。この作品は、戦場に設営された野営キャンプに滞在するジャーナリストたちの姿を描いている。通信機器などの機材、ベッド、段ボール箱、資料が乱雑に積み重なる中で、ジャーナリスト、パフォーマンス・アーティスト、写真家、映像作家ら男女八名が戦場の取材に従事している。さまざまな情報源とメディアを組み合わせながら報道する彼らは、戦場と隣り合わせの興奮状態の中で情報操作をしてしまう。『ピース』は報道が戦争に加担したことを告発するのである。

『ピース』の具体的な背景は、九九年のコソボ紛争におけるドイツ連邦軍の空爆だった。九八年、十六年間続いた保守政権に代わり、ドイツに社会民主党と緑の党の左派連立政権が誕生した。首相は連邦議会第一党の社会民主党のゲアハルト・シュレーダー、副首相兼外務大臣は緑の党のヨシュカ・フィッシャーである。特に左翼活動家だったフィッシャーは六八年世代（日本でいう全共闘世代）のシンボル的な存在として人気が高く、連立政権の成立と存続に大きな役割を果たした。

この左派連立政権は、内政面では伝統的な社会民主主義政策を転換して新自由主義的政策を採用するとともに、外交面では北大西洋条約機構（NATO）の一員としてドイツ連邦軍をコソボ紛争に介入させる決定をした。その結果、九九年三月ドイツ連邦軍の空爆が開始された。かつて平和を唱えて体制に異議を申し立てた六八年世代が、戦後初めてのドイツ連邦軍の戦闘行為にゴーサインを出したのである。『ピース』というタイトルは、六八年のピース世代への抗議と幻滅を意味している。

二〇〇一年九月十一日のニューヨーク貿易センタービルへのテロの後、シュレーダー首相はアメリカのブッシュ政権を援助するため、アフガニスタンへのドイツ連邦軍派遣を表明した。連邦軍をヨーロッパ域外へ派遣する是非を記者団に問われた首相は「我々は自分たちの生き方を守る――これは我々の良き権利だ（Wir verteidigen unsere Art zu leben—und das ist unser gutes Recht.）」と語り、この談話が全国紙で大きく報道されると、[6]賛否両論の大きな反響が起きた。ドイツ連邦軍は〇二年一月から国際治安支援部隊（ISAF、〇一年十二月に設立）に参加してアフガニスタン駐留を開始したが、〇九年七月現在までに三五名の兵士が異郷の地で命を落とす結果になっている。兵士以外にも文民警官三名が犠牲になっているため、アフガニスタン派遣の是非をめぐっては現在も激しい議論が続いている。

二〇〇三年にボーフム劇場で初演されたリヒターの『エレクトロニック・シティ』には「おれたちの生き方（unsere Art zu leben）」という副題が付いているが、これは前述のシュレーダー首相の「我々は自分たちの生き方を守る」という談話からの引用である。「自分たちの生き方」をありのままに見せたらどうなるかという挑発的な姿勢だ。その生き方とは、世界中に無数いるマネージャーの一人にすぎないトムと、世界中の空港のコンビニにシフトの空きに応じて自動的に派遣されるレジ係ジョイとの、会う時間もないほど忙しい遠距離恋愛の物語である。[7]さらに二人を観察して映画化するチームも登場する。新自由主義批判を政治メッセージとして主張するのではなく、何気ない純愛物語を誇張してグローバル化を徹底的に風刺するのがリヒターのやり方だった。このモチーフは、翌年の

「システム」批判につながっていった。

三　『氷の下』

二〇〇三年／〇四年シーズン、ベルリン・シャウビューネ劇場は「システム」という企画を実施した。前述の『エレクトロニック・シティ』がトム・キューネルの演出で上演されたほか、リヒター作の『氷の下』と『ホテル・パレスチナ』、およびイギリスの劇作家マーティン・クリンプ作『フューア・イマージェンシーズ（Fewer Emergencies）』がリヒター自身の演出で上演された。この四つの公演を軸に講演会や討論会を開く大掛かりな催し物だった。

「システム」は、〇一年九月十一日以降ブッシュ政権に呼応して進められた世界的な戦争状態へのリヒターの批判を形にしたものである。(8) 企画全体のテーマとして「内部に存在しながら批判する(Dabeisein und Dagegensein)」という標語が立てられたが、これはシステム論者ニクラス・ルーマンが九〇年八月にフランクフルター・アルゲマイネ紙に発表したエッセイ「内部に存在しながら批判する。ドイツ連邦共和国の追悼文への提案」(9) から採られた。再統一が間近い時期に発表されたエッセイの中でルーマンは、東ドイツの消滅は、社会主義国家の存在を前提に資本主義経済を批判してきた西側知識人の特権性が消滅することを意味すると指摘し、性急なドイツ再統一を戒めた。ルーマンの九〇年のエッセイは、〇一年九月十一日以降の過酷な管理化を先取りするものと受け止められ、システム内部に存在しながらシステムを批判する可能性を演劇はどのように表現すればよいのかという問いに置き換えられた[10]。「システム」の企画者リヒターは、テロとグローバル化の時代に演劇は何をなすべきか正面から問いかけたのである[11]。

本書に訳出した『氷の下』は、その答えの可能性を示している。この戯曲は企業コンサルタント会社の人事査定をモデルにした社会風刺劇だが、ユートピアの余地がないほど企業活動の機能性が誇張されて描かれている。二人の若手コンサルタント（カール・ゾンネンシャインとアウレリウス・グラーゼナップ）が中堅の同僚（パウル・ニーマント）を面接する。業績の一層の向上と効率化の追求を求める若手二人の前で、ニーマントは少年時代の思い出を語り出す。ニーマント（niemand）は英語のノーバディ（nobady）に対応するドイツ語で、どこの誰でもない、名もない人間を指している。一人の人間パウル・ニーマントを誰でもないコマの一つとして機能させる企業活動の無機質さを暗示する名前である。実際、舞台が進むにつれて、彼の企業人としてのアイデンティティは崩壊していく。一方、若手二人の方も、最後にはオットセイのダンスを踊りだして、全体は奇妙に歪んでしまう。おそらく正常なのは、途中から登場する子供だけだ。この子供は、ニーマントと同じ背広を着ており、彼の分身でもある。ひどく冷めたこの子供は、「僕の前にはもう人生がない／僕の前に置かれた人生は、何千回も生きられたものだ」と語る。ニーマントの思い出にある少年時代は、この子供にはない。リヒターはニーマントに「何もかも氷の下、何も動かない、すべて停止」と語らせている。このようなユートピアのない世界では大人も子供もシステムの機能に過ぎない。

シャウビューネ劇場でリヒター自身が演出した舞台には、横長の巨大な会議テーブルが置かれ、舞台奥のコンクリートの壁一面に夜の高速道路や人気のないビル内部の映像がシステムを象徴するように投影された（映像制作マルティン・ロッテンコルバー）。三人のカウンセラーがテーブルに着席すると、テーブル上に置かれたマイクロフォンに向かってパウル・ニーマント役のトーマス・ティーメが語り出す。その口調は一定の抑揚を保ちながら叩きつけるような激しさを増し、力がこもるたびにテーブルの上に組んだ両手が小刻みに動く。長いモノローグの間、椅子に腰かけたままで動作はほとんどないにもかかわらず、叩きつけるような発声は身体性の見事なパフォーマンスである。

アイロニカルなユーモアも豊富にある。カール・ゾンネンシャイン役の精悍なマルク・ヴァシュケは舞台を降りて客席に入り、政党の選挙候補者のように握手しながら「もう一つの世界は可能だ」と説いて回る。にこやかな笑顔の裏に、民主主義を否定しようとする本音が透けて見える。アウレリウス・グラーゼナップ役のアンドレ・シュマンスキーは職場パーティーの余興の練習のため上半身裸になり、天井からテーブルの上に降ってきた大量の氷にまみれてオットセイのように這いまわる。日常生活や社会生活上の体験を微妙にずらしながら大胆に熱演する俳優たちに、客席の笑いが絶えない。三人の俳優がシステムの奇妙さと歪みを巧みに伝える中、四人目に登場した子供役のヨナタン・テューリンガーの冷静な演技には、「氷の下」の気味の悪いほどの冷たさが感じられた。

四　『崩れたバランス』

翌〇五年にリヒターはシャウビューネ劇場で自作『崩れたバランス』を演出した。これは真冬の街でクリスマスを迎える人々の物語だが、風刺性が強かった『氷の下』と比べて、終末観が強調されている。

『崩れたバランス』には、クリスマスイブにさまざまな場所で起こる出来事が並行して描かれている。それぞれの場所には複数の人々が登場する。病院、空港、劇場での舞台稽古、精神科の診察室、出会い系サイトを通して知り合う男たち、雪の戸外を散策する老夫婦、ベッドの中の男女、うまく行かなくなったカップルたち……。最初は人々がどういう関係にあるのかわからないが、舞台が進むにつれて少しずつ誰と誰が知り合いなのかがわかってくる。

例えば冒頭に登場する老婦人は、『傷ついた青春』を執筆中の作家パウルの母親である。また、彼女と一緒に空港にいる迷子の子供は、『傷ついた青春』の稽古に「少年」役として参加している男優の息子である。愛人の精神科医のところでクリスマスを過ごす妻のため、男優は息子を空港に迎えに行かなければならないが、稽古のため迎えに行けない。一方、稽古に立ち会っている作家パウルは、中座して同性の恋人のもとを訪れたり、出会い系サイトで知り合った男のアパートを訪ねたりしている。このように徐々に人々の関係が明らかになるが、すべての関係を正確に把握できるわけではない。全体はひとつにまとめられることなく、並行に進む複数の場面が交差する。ニルヴァーナの『スメルズ・ライク・ティーン・スピリット』が激しい絶望を表し、トーク・トーク、マリアンヌ・フェイスフルがやさしく流れる中、人々は厳寒の風景の中で凍死していく。

俳優たちが『傷ついた青春』という戯曲を稽古している場面（「傷ついた青春／舞台稽古」）が何度も出てくる。『傷ついた青春』はリヒター自作の戯曲で、『崩れたバランス』とともに“Theater Theater Aktuelle Stücke 16”に収められている。俳優たちは稽古から脱線してプライベートな会話に入り込むが、稽古中の台本の台詞なのか本音の会話なのか、意図的に曖昧に書かれている。本訳書では両者とも掲載することは難しいため、稽古中の『傷ついた青春』の台詞に「　」をつけて、台本の台詞を示した。老婦人と子供の場面の「 」(九五頁、九六頁、一一三頁、一一四頁)は原文通りである。

メディアが浸透した今日、ある状況がオリジナルなのか演出された状況なのかは、必ずしも明確に区別できない。『崩れたバランス』はこのようなヴァーチャルな状況を、稽古という未完の過程で表わしている。作家が稽古中の台本の台詞に「 」をつけない意図もここにあるだろう。「雪の中の老紳士と老婦人」の場面でガービの夫が「夢のクリニック」というテレビ番組に出演していることが話題に出るが、作品の終盤で描かれるクリニックでの診察室の場面がこの「夢のクリニック」なのかどうかは、読者に(あるいは演出家と観客に)ゆだねられていると言える。同様に、老婦人と子供が最後にたどり着く「夢のクリニック」がテレビ番組の中なのか空港のクリニックなのか、厳密に指定があるわけではない。冒頭の「ベッドの中の男と女」や、精神科医を訪れる「男」は、他の役柄とのさまざまな関連付けが可能だ。

このように『崩れたバランス』には、可塑的な部分が多い。リヒター自身の演出した舞台では、本書に訳出したフィッシャー出版社版からいくつかの台詞が削られ、ところどころ部分的に加筆もされていた。いわば稽古の過程を作品化した現在進行形の試みであり、そこに『崩れたバランス』の特色があると言える。

その後リヒターは、自作の『例外状態《アウスナーメツーシュタント》』(12)をベルリン・シャウビューネ劇場で演出した(〇七年)。伝統的な台詞劇の形で書かれたこの作品には、ゲーテッドコミュニティに住む一組の男女とその息子が登場する。危険をすべて排除した安全地帯に住む男女が、自らのアイデンティティを疑いはじめる。

ビビアナ・ベクラウとブルーノ・カトマスの冷静な演技は、不安に苦しむ男女の心理を正確に客席に伝えていた。排除したはずの外部が理由なき不安となって、二人の心の安定を奪う。管理社会の実態がいつまでも印象に残る。男女の会話には『崩れたバランス』の「ベッドの中の男と女」の一部が使われていた。

最近のリヒターはベルリン・シャウビューネ劇場で演出する機会が多く、同劇場のレパートリーを構成する上で欠かせない存在になっている。〇八／〇九年シーズンの同劇場のレパートリーには、彼が演出を担当した舞台が多数ある。

『氷の下』（リヒター作・演出）
『崩れたバランス』（リヒター作・演出）
『例外状態』（リヒター作・演出）
『4.48サイコシス』（サラ・ケイン作、リヒター演出）
『かもめ』（チェーホフ作、リヒター演出）
『三人姉妹』（チェーホフ作、リヒター演出）
『桜の園』（チェーホフ作、リヒター演出）
『たくらみと恋』（シラー作、リヒター演出）

チェーホフやシラーの戯曲が現代的な感覚で上演される一方で、サラ・ケインの『4.48サイコシス』では立方体の舞台装置の扉を組み合わせて語り手の心理を表現した緻密な演出が印象的だ。

他にウィーン・ブルク劇場では『真面目が大切』（オスカー・ワイルド作、〇五年初演）と『ジュリアス・シーザー』（シェイクスピア作、〇七年初演）の演出がある。また、冒頭でも触れたように、「東京のオペラの森」での『エフゲニー・オネーギン』（チャイコフスキー作曲、〇八年）をはじめ、フランクフルト・オペラ座での『エレクトラ』（リヒャルト・シュトラウス作曲、〇四年初演）とルール・トリエンナーレ演劇祭でのオペラ版『氷の下』（イェルン・アルネッケ作曲、〇七年初演）などオペラの演出も行っている。

本書に訳出した戯曲と論考の出典は以下の通り。
◇ファルク・リヒター作『崩れたバランス』
Falk Richter: Die Verstörung. In: Theater Theater Aktuelle Stücke 16 (Fischer, 2006) 所収。
◇ファルク・リヒター作『氷の下』
Falk Richter: Unter Eis. In: Unter Eis (Fischer, 2005) 所収。
◇ベルント・シュテーゲマン著『複製技術時代における性、愛、貨幣』
Bernd Stegemann: Sex, Liebe und Geld in Zeiten ihrer technischen Reproduzierbarkeit.Drei Beobachtungen zu Falk Richters Dramen.（ベルリン・シャウビューネ劇場で初演された『例外状態』のプログラムとルール・トリエンナーレで初演されたオペラ版『氷の下』のプログラムに加筆。）

『崩れたバランス』は〇九年十一月二八日から十二月十三日まで中野志朗演出で文学座公演が予定されている。ベルリンの劇場で演出の研修を受けた中野氏からは、翻訳全体の丁寧なチェックのみならず、リヒターの演劇観やドイツ語圏の演劇事情について、数多くの貴重なアドバイスを受けた。ここに翻訳出版が完成にこぎつけられたのも、中野氏の情熱があったからである。また、『氷の下』は、当初、新国立劇場運営財団主催の戯曲研究会の資料として翻訳された。出版の機会を作っていただいた同財団にこの場を借りて感謝したい。さらに校正には、新野忍の協力を得た。最後に、本書の意義を認めて出版の英断を下された論創社社長の森下紀夫氏と編集で大変お世話になった高橋宏幸氏に心からの謝辞を捧げる。

二〇〇九年八月　新野守広

注

（1）ファルク・リヒター作『エレクトロニック・シティ——おれたちの生き方』内藤洋子訳、論創社。
（2）それぞれ以下の邦訳が出版されている。ジョージ・タボーリ作『ゴルトベルク変奏曲』、フリッツ・カーター作『愛するとき死ぬとき』、ルネ・ポレシュ作『餌食としての都市』（いずれも論創社）。
（3）Falk Richter: Portrait. Image. Konzept. In: Unter Eis (Fischer, 2005)
（4）Katrin Ullmann: Vorwort. In: Unter Eis, S. 8.
（5）Falk Richter: Notizen. In: Unter Eis, S. 498.
（6）例えば“Die Welt” (16.10.2001)。
（7）注1参照。
（8）Falk Richter: Das System. Ein Konzept. In: Das System (Theater der Zeit, 2004)

（9）Niklas Luhmann: Dabeisein und Dagegensein. Anregungen zu einem Nachruf auf die Bundesrepublik. In: FAZ 22.8.1990.
Niklas Luhmann: Short Cuts (2000) に再録。

（10）Peter Laudenbach: "Die Radikale Geste! Die Radikale Geste! Die Radikale Geste!". In: Das System, S. 13.

（11）注8参照。

（12）シュテーゲマンの論にもあるように、非常事態や戒厳令とも訳されるアウスナーメッツーシュタント（Ausnahmezustand）は、政治学者カール・シュミットが例外状態における決定者として主権者を定義したことで知られるドイツ語で、その国家主義的なニュアンスは他の言語では伝えにくい。リヒターの戯曲の英訳は『非常事態（State of Emergencies）』（Oberon Books, 2009）だが、本書では『例外状態』と訳した。

【著者紹介】

Falk Richter〔ファルク・リヒター〕

1969年ハンブルク生まれ。劇作家、演出家、翻訳家。2000～04年にチューリヒ劇場演出部に所属後、ベルリン・シャウビューネをはじめ、各地の劇場、オペラ座で活躍中。90年代以降の映像感覚を基礎に、音楽やダンスを取り入れながら、現代社会を表現する舞台を作り続けている。

Bernd Stegemann〔ベルント・シュテーゲマン〕

1967年生まれ。ベルリン・シャウビューネなどドイツ語圏各地の劇場やフェスティヴァルのドラマトゥルクを務める。『スタニスラフスキー・リーダー』、『ドラマトゥルギー』などの論考、著作がある。エルンスト・ブッシュ演劇大学教授。

【訳者紹介】

新野 守広〔にいの・もりひろ〕

1958年生まれ。国際演劇評論家協会会員。著書『演劇都市ベルリン』、訳書『ポストドラマ演劇』(共訳)、『火の顔』、『餌食としての都市』、『ゴルトベルク変奏曲』など。立教大学教授。

村瀬 民子〔むらせ・たみこ〕

早稲田大学演劇博物館グローバルCOE研究助手。2008年に東京大学大学院人文社会系研究科博士課程(ドイツ語ドイツ文学)を単位取得退学。現在、ハイナー・ミュラーの戯曲作品に関する博士論文を執筆中。

崩れたバランス／氷の下

2009年11月10日　初版第1刷印刷
2009年11月20日　初版第1刷発行

著者　ファルク・リヒター
訳者　新野守広／村瀬民子
装丁　奥定泰之
発行者　森下紀夫
発行所　論創社

〒101-0051 東京都千代田区神田神保町2-23 北井ビル
tel. 03 (3264) 5254　fax. 03 (3264) 5232
振替口座 00160-1-155266　http://www.ronso.co.jp/

印刷・製本　中央精版印刷

ISBN978-4-8460-0951-9